文春文庫

手討ち

新・秋山久蔵御用控（二十一）

藤井邦夫

JN151637

文藝春秋

目次

おもな登場人物

秋山久蔵　南町奉行所吟味方与力。〝剃刀久蔵〟と称され、悪人たちに恐れられている。心形刀流の遣い手。普段は温和な人物だが、悪党に対しては情け無用の冷酷さを秘めている。

神崎和馬　南町奉行所定町廻り同心。久蔵の部下。

香織　久蔵の後添え。亡き先妻・雪乃の腹違いの妹。

大助　久蔵の嫡男。元服前で学問所に通う。

小春　久蔵の長女。

与平　親の代からの秋山家の奉公人。女房のお福を亡くし、いまは隠居。

太市　秋山家の奉公人。おふみを嫁にもらう。

おふみ　秋山家の女中。ある事件に巻き込まれた後、秋山家に奉公するようになる。

幸吉　〝柳橋の親分〟と呼ばれた弥平次の跡を継ぎ、久蔵から手札をもらう岡っ引。

お糸　隠居した弥平次の養女で、幸吉を婿に迎えて船宿『笹舟』の女将となった。息子は平次。

弥平次　女房のおまきとともに、向島の隠居家に暮らす。

勇次　元船頭の下っ引。

雲海坊　幸吉の古くからの朋輩で、手先として働く托鉢坊主。ほかの仲間に、しゃぼん玉売りの由松、蕎麦職人見習いの清吉、風車売りの新八がいる。

長八　弥平次のかつての手先。いまは蕎麦屋『藪十』を営む。

手討ち

新・秋山久蔵御用控（二十一）

第一話
恩返し

一

夜の不忍池《しのばずのいけ》は、青白い月明かりと虫の音に覆《おお》われていた。

「ありがとうございました」

「お気を付けて……」

商家の旦那は、料理屋『葉月《はづき》』の女将《おかみ》や仲居たちに見送られ、手代の持つ提灯《ちょうちん》に誘《いざな》われて不忍池の畔《ほとり》を進んだ。

不忍池に月影が揺れた。

「穏やかな夜だな」

「はい」

旦那と手代は、不忍池の畔から明神下《みょうじんした》の通りに進もうとした。
痩《や》せた浪人が、行く手に不意に現れた。
旦那と手代は驚き、立ち竦《すく》んだ。
派手な半纏《はんてん》を着た男が現れ、背後を塞《ふさ》いだ。
「薬種屋《やくしゅや》秀宝堂吉兵衛《しゅうほうどうきちべえ》だな……」
痩せた浪人は、旦那に笑い掛けた。
「に、逃げろ。平助《へいすけ》……」
吉兵衛は手代に叫んだ。
刹那《せつな》、痩せた浪人は踏み込み、抜き打ちの一刀を放った。
吉兵衛は、袈裟《けさ》懸《が》けに斬《き》られて倒れた。
「旦那さま、誰か……」
手代の平助は、悲痛に叫び、助けを呼ぼうとした。
派手な半纏を着た男が、遮《さえぎ》るように平助に匕首《あいくち》を叩き込んだ。
平助は眼を瞠《みは》り、息を飲んで崩れた。
落ちた提灯が燃え始めた。
痩せた浪人は、旦那の吉兵衛と手代の平助の生死を検《あらた》めた。

「桑原の旦那……」

「上首尾だ。引き上げるぞ、富吉《とみきち》……」

　桑原は、嘲笑《ちょうしょう》を浮かべた。

「は、はい……」

　富吉は頷《うなず》き、立ち去る桑原に続いた。

　提灯は燃えあがった。


　月番の南町奉行所は表門を八文字に開け、様々な人が出入りをしていた。

「神田鍛冶町《かんだかじちょう》の薬種屋秀宝堂の主《あるじ》と手代が殺された……」

　久蔵《きゅうぞう》は眉をひそめた。

「はい。主の吉兵衛は袈裟懸け、手代の平助は刺されて。不忍池の畔の料理屋葉月を出て明神下の通りに出ようとした処を襲われたようです」

　和馬《かずま》は報《しら》せた。

「物盗《ものと》りか……」

「二両入りの財布は無事でした」

「ならば、只《ただ》の辻斬《つじぎ》りか遺恨《いこん》……」

久蔵は読んだ。

「はい。柳橋《やなぎばし》と勇次《ゆうじ》たちが、その睨《にら》みで探索を始めています」

和馬は告げた。

「よし。和馬、殺《や》ったのは二人かもしれぬな」

「旦那の吉兵衛を袈裟懸けに斬った者と、手代の平助を刺した者ですか……」

「うむ。おそらく何者かに金で雇われての仕業《しわざ》であろう」

久蔵は睨んだ。

「分かりました。急に金廻りの良くなった人斬り稼業の者がいるかどうか、裏渡世の者共に当たってみます」

和馬は頷いた。

「うむ……」

「では……」

和馬は、久蔵の用部屋を後にした。

「神田鍛冶町の薬種屋秀宝堂……」

久蔵は眉をひそめた。

神田鍛冶町は日本橋から北にある神田八つ小路と結ぶ往来の中程にあり、薬種屋『秀宝堂』は一丁目の裏通りにあった。

薬種屋『秀宝堂』は、閉めた大戸に『忌中』の紙を貼り、主吉兵衛と手代の平助の弔《とむら》いの仕度をしていた。

岡っ引の柳橋の幸吉《こうきち》は、お内儀のおせいと若旦那の文七《ぶんしち》、番頭の彦六《ひころく》に聞き込みを掛けていた。

「それで、お内儀さん、吉兵衛の旦那が誰かに恨まれているような事は……」

幸吉は尋《たず》ねた。

「私の知っている限りでは、恨まれているなんて存じません……」

お内儀のおせいは、涙を拭《ぬぐ》って苦し気に呟き込んだ。

「おっ母さん……」

若旦那の文七は、慌てておせいの背を慣れた手付きで摩《さす》った。

おせいは、息を吐き、次第に落ち着いた。

「申し訳ありません。母は心の臓が弱っているものでして……」

若旦那の文七は、幸吉に詫《わ》びた。

「それはそれは、お気の毒に。で、若旦那は旦那が恨まれていたかどうかは

「はい。父は穏やかな人柄で大声をあげる事も滅多にありませんでした。人に恨まれるなんて……」

若旦那の文七は十四、五歳であり、歳の割りにはしっかりしていた。

「お内儀さまや若旦那の仰《おっしゃ》る通りにございまして、旦那さまは手前共奉公人を怒鳴ったり、怒ったりされる事もなく、御同業の方々と揉《も》め事もなく商売をして来ています」

番頭の彦六は、鼻水を啜《すす》りながら告げた。

「そうですか……」

幸吉は頷いた。

菩提寺《ぼだいじ》の住職が駆け付け、弔いの仕度は一段と忙しくなった。

幸吉は、薬種屋『秀宝堂』の勝手口から路地に出た。

路地では、勇次が女中に聞き込みを掛けていた。

「そうですかい。旦那さまが恨まれているなんて、聞いた事ありませんか……」

勇次は訊いた。

「……」

「はい。あの……」

女中は、忙しくなった弔いの仕度を気にした。

「ああ。造作を掛けましたね」

「はい。じゃあ……」

女中は、勝手口から店に入って行った。

「吉兵衛の旦那が恨まれていたって云《い》う奉公人はいないか……」

幸吉は、吐息を洩《も》らした。

「はい。親分の方は……」

「お内儀さんに若旦那、それに番頭さんも吉兵衛の旦那は恨まれるような人じゃあないとな……」

幸吉と勇次は、路地から裏通りに出た。

「親分……」

勇次が眉をひそめた。

「どうした……」

「斜向《はすむ》かいの蕎麦屋の路地……」

勇次は、裏通りの向こうの蕎麦屋の路地を示した。

中年の女が佇《たたず》み、薬種屋『秀宝堂』を心配そうに見詰めていた。

「秀宝堂に拘《かかわ》りあるんですかね……」

「きっとな。だが、弔いに行く程の拘りはないのかな……」

幸吉と勇次は読んだ。

中年の女は、薬種屋『秀宝堂』に手を合わせて路地を出た。

その手には鬢盥《びんだらい》が提げられていた。

「廻り髪結いのようですね」

勇次は読んだ。

「うん。よし、勇次、何処《どこ》の誰か、見届けな」

幸吉は命じた。

「承知。じゃあ……」

勇次は、中年の廻り髪結い女を追った。

幸吉は見送った。

「親分……」

清吉《せいきち》が駆け寄って来た。

「おう。何か分かったか……」

「はい。昨夜、秀宝堂の旦那と手代が殺された頃、夜鳴蕎麦屋が明神下の通りを行く浪人と半纏を着た男を見掛けていました」

清吉は報せた。

「浪人と半纏を着た男か……」

幸吉は眉をひそめた。

「はい。今、新八《しんぱち》が足取りを捜しています」

「そうか……」

幸吉は頷いた。

「よし。じゃあ、清吉。薬種屋秀宝堂に妙な奴が来ないか見張ってくれ」

幸吉は命じた。

「合点です」

清吉は頷いた。

「俺は、和馬の旦那に逢って来る……」

幸吉は告げた。

日本橋の通りは多くの人が行き交い、賑《にぎ》わっていた。

中年の廻り髪結い女は、鬢盥を提げて日本橋に向かった。

勇次は追った。


日本橋は日本橋川に架かっており、多くの人が行き交っていた。

中年の廻り髪結い女は、日本橋を渡って京橋に向かった。

勇次は尾行《つけ》た。

中年の廻り髪結い女は、賑やかな往来を足早に進んだ。

中年の廻り髪結い女は、薬種屋『秀宝堂』の知り合いなのか。それとも殺された旦那の吉兵衛と個人的な拘りがあるのか……。

勇次は、想いを巡らせながら追った。

中年の廻り髪結い女は、尾行る勇次に気が付く事もなく進んだ。

やがて、京橋が見えて来た。

京橋も渡るのか……。

勇次は、京橋を渡る中年の廻り髪結いの女を尾行た。

中年の廻り髪結いの女は、新両替町《しんりようがえちよう》の辻を東に曲がり、三十間堀《さんじつけんぼり》に架かっている紀伊国橋《きのくにばし》に進んだ。

紀伊国橋を渡ると木挽町《こびきちよう》だ。

行き先は木挽町か……。

勇次は読んだ。

中年の廻り髪結いの女は、紀伊国橋を渡って三十間堀沿いの道を南に進んだ。

木挽町一丁目、二丁目、三丁目、新シ橋……。

そして、中年の廻り髪結いの女は木挽橋の袂《たもと》、木挽町五丁目の裏通りに進んだ。

木挽町五丁目の裏通りには、八百屋や魚屋、蕎麦屋や一膳飯屋など小さな店が並んでいた。

中年の廻り髪結いの女は、荒物屋の角の路地に入った。

勇次は、荒物屋の角から路地を窺《うかが》った。

路地には小さな家が並び、中年の廻り髪結いの女は、路地奥の家に入った。

勇次は見届け、小さな吐息を洩らして見張りに就《つ》いた。

自分の家なのか……。

客の家なのか……。

僅《わず》かな刻《とき》が過ぎた。

奥の家から中年の廻り髪結いの女が出て来て、井戸端で米を研ぎ始めた。

自分の家だ……。

勇次は見定めた。

よし……。

勇次は、自身番に急いだ。

「荒物屋の脇の路地を入った処にある家に住んでいる廻り髪結いの女かい……」

自身番の店番《たなばん》は、町内の名簿を捲《めく》った。

「ええ。名前、分かりますかね……」

勇次は尋ねた。

「ああ。此《こ》の女《ひと》だね。名はすみ、三十六歳。生業《なりわい》は髪結い……」

店番は、名簿を見ながら告げた。

「すみ、三十六歳……」

勇次は、中年の廻り髪結い女の名と歳を知った。

「ああ。一人暮らしだね……」

「一人暮らし……」

「うん……」

「そうですか。で、おすみさん、どんな素姓の人ですかね」

勇次は尋ねた。

「さあて、あの家には十年前から住んでいるようだけど、素姓迄《まで》は分からないな……」

店番は、首を捻《ひね》った。

「そうですか……」

勇次は頷いた。

廻り髪結いのおすみは、薬種屋『秀宝堂』とどんな拘りがあるのか……。

勇次は、想いを巡らせた。

「そうか。殺された吉兵衛、今の処、恨みを買っている様子はないか……」

和馬は眉をひそめた。

「ええ。ですが、家族や奉公人の云う事です。此れから同業者にも聞き込みます。

その辺から何か出て来るかもしれません」

幸吉は告げた。

「うむ。それから柳橋の。秋山《あきやま》さまは吉兵衛たちを斬ったのは、金で雇われた者共かもしれないので、急に金廻りの良くなった浪人がいるかどうか、裏渡世を調べてみろとな……」

「分かりました。じゃあ、由松《よしまつ》に探らせてみます」

幸吉は頷いた。


浪人と半纏を着た男……。

新八は、夜鳴蕎麦屋から聞いた浪人と半纏を着た男の足取りを探した。

だが、町木戸が閉まる刻限近くで、往来を行き交う人も少なく、二人の足取りは容易に見付けられなかった。

新八は、木戸番や夜鳴蕎麦屋、按摩《あんま》、物乞いなどに聞き込みを続けた。

幸吉は、由松に裏渡世の連中を当たり、急に羽振りの良くなった者を捜すように命じた。

由松は、地廻り、博奕打《ばくち》ち、掏摸《すり》、盗っ人など、裏渡世で暮らしている連中に聞き込みを掛け始めた。

吉兵衛と平助の弔いが始まった。

薬種屋『秀宝堂』に菩提寺の住職の読経が流れ、弔問客が焼香を始めた。

和馬と幸吉は、焼香に訪れた同業の薬種屋の主たちに聞き込みを掛けた。

「さあて、吉兵衛さんは穏やかで、お客がどんな病か良く聴いて薬を調合しましてね。感謝はされても恨まれるなんて……」

薬種屋の主は首を捻った。

「ありえないか……」

和馬は念を押した。

「はい……」

薬種屋の主たちは、口を揃えて吉兵衛は恨まれてはいなかったと告げた。

「恨まれていないか……」

「ええ……」

「ならば、何故に殺されたのだ……」

和馬は、微《かす》かな苛立《いらだ》ちを見せた。

「和馬の旦那、邪魔だからってのは、どうですかね」

　幸吉は告げた。

「邪魔だから……」

　和馬は眉をひそめた。

「ええ。殺された秀宝堂の吉兵衛旦那は穏やかで親切な人柄です。そんな吉兵衛旦那が目障《めざわ》りで邪魔になって……」

　幸吉は読んだ。

「殺したか……」

「ええ。違いますかね」

「いや。あり得る……」

　和馬と幸吉は、同業者の薬種屋の主以外の者にも聞き込みをする事にした。

　吉兵衛は、評判の良い人柄であり、弔問客は中々途絶えなかった。

　和馬と幸吉は、吉兵衛と子供の頃からの知り合いの錺職《かざりしょく》の源八《げんぱち》に聞き込みを掛けた。

「吉平《きっぺい》。ああ、吉兵衛、子供の頃は吉平って名前でしてね。あの人柄で苛《いじ》められっ子を庇《かば》ったり、優しくしたり、助けたり、そりゃあもう子供の頃からの人徳者でしてね。ま、誉める人も多かったけど、煩《わずら》わしい邪魔者と嫌っている奴もいましたよ」

錺職の源八は苦笑した。

「和馬の旦那……」

「ああ。煩わしい邪魔者か……」

和馬は眉をひそめた。

「源八さん、吉兵衛さんを煩わしい邪魔者と嫌っていた奴、覚えていますか……」

幸吉は尋ねた。

「さあて、何人かいますが、何分にも子供の頃の話ですよ」

源八は苦笑した。

「じゃあ、大人になってからは、そんな話は聞きませんでしたか……」

「そう云えば、ある薬種問屋が行商の薬屋に薬を高値でしか卸《おろ》さない嫌がらせをするのを見兼ね、吉兵衛が薬を安く廻してやっていると聞いた覚えがありますよ」

「そいつは、何処の薬種問屋ですか……」

「さあ、薬種問屋の名前迄は……」

源八は首を捻った。

「知りませんか……」

幸吉は肩を落とした。

「ええ……」

「じゃあ、吉兵衛に薬を廻して貰っている薬の行商人は……」

和馬は尋ねた。

「名前は知りませんが、年増の行商人だと聞きましたよ」

源八は告げた。

「柳橋の……」

「ええ。番頭の彦六さんに訊いて来ます」

幸吉は、弔問客の相手をしている番頭の彦六の許《もと》に行った。

「それにしても善人、人徳者だと云われていても殺されるんですねえ」

源八は、大きな溜息を吐いた。

「うむ……」

和馬は頷いた。

薬種問屋に嫌がらせをされたのは、おまさと云う名の年増の薬の行商人だった。

「薬の行商人のおまさか……」

和馬は眉をひそめた。

「ええ。もう、焼香して帰ったそうです。で、番頭の彦六さんの話じゃあ、嫌がらせをする薬種問屋は、室町《むろまち》の大黒堂《だいこくどう》ではないかと……」

幸吉は、番頭の彦六に聞き込んだ事を報せた。

「室町の大黒堂……」

「はい」

「して、その大黒堂の主、弔いには来ているのか……」

「そいつが、番頭が来たそうで、主は来ちゃあいないそうですぜ」

幸吉は眉をひそめた。

「よし……」

和馬は、厳しい面持《おもも》ちで頷いた。

菩提寺の住職の経は響き、薬種屋『秀宝堂』の弔いは続いた。

二

湯島天神《ゆしまてんじん》の近く……。

新八は、僅かな手掛かりを辿《たど》って浪人と半纏を着た男の足取りを追い、湯島天神の近くにやって来た。

浪人と半纏を着た男は、湯島天神門前町の盛り場に来たのかもしれない……。

新八は読んだ。

ならば、門前町の盛り場の飲み屋で、町木戸が閉まる亥《い》の刻四つ（午後十時）の後も暖簾《のれん》を掲げている店を検めてみるか……。

新八は、湯島天神門前町の盛り場に向かった。


勇次は、木挽町のおすみの家から神田鍛冶町の薬種屋『秀宝堂』に戻った。

「勇次の兄貴……」

見張っていた清吉が、物陰から出て来た。

「おう。清吉、親分は……」

「神崎の旦那と、元浜町《もとはまちょう》に行きました」

清吉は報せた。

「元浜町……」

「はい。何でも、吉兵衛の旦那が助けた年増の薬の行商人の処だそうです」

清吉は告げた。

「そうか。よし、見張りを交代する。此奴《こいつ》で腹拵《はらごしら》えでもして来な」

勇次は、清吉に銭を渡した。

「はい……」

清吉は、嬉し気に銭を握り締めて駆け去った。

勇次は、弔いの続く薬種屋『秀宝堂』の見張りに就いた。


神田明神の境内《けいだい》は参拝客で賑わっていた。

由松は、本殿に手を合わせ、茶店で茶を啜りながら境内を見廻した。

地廻りの紋造《もんぞう》がうろついていた。

由松は、茶店を出て紋造を追った。

紋造は、茶店や参道脇の露店に何事か声を掛けていた。

「おう。紋造……」

由松は、紋造を呼び止めた。

「こりゃあ、由松の兄い……」

紋造は、由松に気が付き、作り笑いを浮かべた。

「忙しそうだな……」

由松は苦笑した。

「ええ。まあ。ちょいと……」

紋造は、曖昧《あいまい》に笑った。

「で、ちょいと訊きたいんだが……」

「何ですかい……」

紋造は、由松に探る眼を向けた。

「急に金廻りの良くなった浪人と遊び人、知らないかな……」

「金廻りの良くなった浪人と遊び人ですかい」

紋造は、その眼を狡猾《こうかつ》に光らせた。

「ああ……」

「さあて、今の処は知りませんね」

紋造は告げた。

「今の処はか……」

由松は、紋造を見詰めた。

「ええ……」

「心当たり、あるのかな」

「由松の兄い。日が暮れたら、湯島天神の盛り場にあるお多福《たふく》って店に行ってみるんですね……」

紋造は、意味ありげに笑った。

「湯島天神のお多福だな……」

由松は念を押した。

「ええ……」

紋造は頷いた。

「紋造、巫山戯《ふざけ》ちゃあいねえだろうな」

由松は笑い掛けた。

「そんな。由松の兄い相手に巫山戯るなんて、只じゃあ済まねえのは承知していますよ」

紋造は、怯《おび》えて見せた。
「そうかい……」
由松は苦笑した。
浜町堀《はまちょうぼり》は西日に煌《きら》めいていた。
和馬と幸吉は、元浜町の自身番に立ち寄り、薬の行商をしているおまさの家を探した。
おまさは、元浜町の裏通りのお地蔵《じぞう》長屋に住んでいた。
和馬と幸吉は、お地蔵長屋に急いだ。
お地蔵長屋は、木戸に古い地蔵尊のある古い長屋だった。
幸吉は、井戸端で晩飯の仕度をしているおかみさんたちにおまさの家が何処か尋ねた。
おまさの家は、長屋の奥にあった。
幸吉は、おまさの家を訪ねた。
「あっしは柳橋の幸吉って岡っ引だが、おまささんだね」

おまさは、色っぽい年増であり、幸吉が見せた十手に微かな怯えを滲《にじ》ませた。

「薬種屋の秀宝堂の旦那の事でちょいと訊きたい事があってね」

幸吉は、穏やかに笑い掛けた。

「は、はい……」

おまさは頷いた。


浜町堀は夕陽に照らされていた。

幸吉は、浜町堀に架かっている千鳥橋《ちどりばし》の袂に誘った。

和馬が待っていた。

「おまささん、南の御番所の神崎さまだよ」

幸吉は、おまさを和馬に引き合わせた。

「やあ。ちょいと訊きたい事があってね。忙しい時に造作を掛けるね」

和馬は詫びた。

「いいえ……」

「おまさ、お前さん、薬の行商をしているそうだが、薬種問屋に品物を卸して貰えなくて困っていた時、秀宝堂の吉兵衛に助けて貰ったそうだね」

和馬は尋ねた。

「は、はい。お陰様で商売が続けられて助かりました」

おまさは、吉兵衛への感謝の言葉を述べた。

「うん。して、お前に品物を卸してくれなくなった薬種問屋は何処の店だ」

和馬は、おまさを見詰めた。

「は、はい……」

おまさは、微かな躊躇《ためら》いを見せた。

「おまさ、遠慮は無用だ。何て薬種問屋だ」

和馬は、厳しさを過《よぎ》らせた。

「は、はい。室町の薬種問屋大黒堂にございます」

おまさは告げた。

「薬種問屋の大黒堂なら、旦那は勘三郎《かんざぶろう》さんだね」

幸吉は訊いた。

「はい。勘三郎の旦那さまです」

おまさは頷いた。

「勘三郎の旦那、どうしてお前さんに品物を卸してくれなくなったんだい……」

「そ、それは……」

おまさは困惑し、躊躇いを浮かべた。

「おまさ、事は吉兵衛殺しに拘わっているかもしれないのだ。知っている事を話しちゃあくれないかな」

和馬は笑った。

「実は私、勘三郎の旦那さまに囲ってやると云われて……」

「囲ってやるだと……」

和馬は眉をひそめた。

「はい。ですが……」

「断ったのか……」

和馬は読んだ。

おまさは頷いた。

「はい……」

「して、妾《めかけ》話を断ったら、品物を卸してくれなくなったか……」

「はい……」

「それで、秀宝堂の吉兵衛旦那が見兼ねて品物を卸してくれるようになったんだね」

幸吉は読んだ。

「はい……」

おまさは、夕陽を浴びて頷いた。

薬種問屋『大黒堂』主の勘三郎は、薬の行商人のおまさを口説き、妾に囲おうとして断られ、薬を卸さないと云う汚い真似《まね》をした。

おまさは困り果てた。

薬種屋『秀宝堂』吉兵衛は、おまさの窮地を知って同情し、己の店の薬を安く卸してやったのだ。

おまさは、窮地を救われた。だが、薬種問屋『大黒堂』主の勘三郎は怒った。

吉兵衛の奴は、余計な真似をする煩わしい邪魔者……。

勘三郎は、吉兵衛を恨み、憎んだ。

「で、吉兵衛を殺させましたか……」

幸吉は読んだ。

「うむ。違うかな……」

和馬は眉をひそめた。

「惚《ほ》れた女に袖にされ、困らせようとして邪魔をされ、怒り狂って人斬りを雇い、吉兵衛を始末させた……」

幸吉は、薬種問屋『大黒堂』勘三郎が吉兵衛を殺させた理由を纏《まと》め、苦笑した。

「うむ。おそらくそんな処だろうが、今の処、確かな証拠は何もない……」

和馬は告げた。

「ええ。勘三郎に自白させるか、吉兵衛殺しに雇われた者を捕えて白状させるか……」

幸吉は、厳しい面持ちで頷いた。

湯島天神門前町の盛り場は、夜の賑わいに満ちていた。

居酒屋『お多福』は、飲み屋の連《つら》なりにあった。

由松は、飲み屋の連なりを進んだ。

「あっ、由松さん……」

新八の声がした。

由松は立ち止まり、駆け寄って来る新八に気が付いた。

「おう。新八じゃあねえか……」

「はい……」

由松は、新八を迎えた。

新八は、夜鳴蕎麦屋が見掛けた浪人と半纏を着た男の足取りを追って来た事を告げた。

「新八、実はな……」

由松は、地廻りの紋造に聞いた事を報せた。

「由松さん、此奴は……」

新八は眉をひそめた。

「ああ。どうやら、同じ奴らを捜しているようだな……」

由松は苦笑した。

居酒屋『お多福』は、飲み屋の連なりの端にあった。

「此処《ここ》だな……」

由松は、揺れる暖簾を示した。

「ええ……」

新八は、それとなく店内を窺った。

店内に客はいなく、厚化粧の大年増の女将が七輪で煮物を作っていた。

「未だ、客はいませんね」

新八は報せた。

「よし、俺は路地から見張る。新八、腹拵えを兼ねてちょいと様子を見て来な」

由松は、新八に金を渡した。

「はい。じゃあ……」

新八は、嬉し気に居酒屋『お多福』に向かって行った。

由松は、路地に潜《ひそ》み、斜向かいにある居酒屋『お多福』の見張りを開始した。


「いらっしゃい……」

厚化粧の大年増の女将は、入って来た新八を嬉し気に迎えた。

「おう。酒と、食い物は何があるのかな」

新八は訊いた。

「大根とがんもの煮付け、浅蜊《あさり》の煮物。腹が減っているなら煮込み饂飩《うどん》もありますよ」

大年増の女将は笑った。

「そいつは良い。煮込み餛飩と大根とがんもの煮付けを貰うぜ」

新八は注文した。

「あいよ……」

大年増の女将は、酒の仕度を始めた。

「女将、客足が遅いようだが、何刻迄やっているんだい……」

新八は、客のいない狭い店内を見廻した。

「さあ、お客の皆が帰る迄だから、町木戸が閉まった後もやっていますよ」

大年増の女将は、大根とがんもの煮付けを小鉢に装《よそ》いながら笑った。

「へえ。そんなに遅く迄、やっているのか……」

新八は感心した。

吉兵衛と平助を斬ってから来ても、居酒屋『お多福』は商売を続けているのだ。

新八は知った。

「どうぞ……」

大年増の女将は、新八の前に猪口《ちょこ》を置き、徳利《とっくり》を差し出した。

「此奴は、済まないな……」

新八は、猪口を手にして大年増の女将の酌《しゃく》を受けた。

「町木戸が閉まっても商売を続けているなら儲《もう》かっているんだろうな」

新八は、酒を飲んだ。

「いいえ。場末の飲み屋、安酒に安い肴《さかな》が目当てのお客ばかり、羽振りの良い客なんて滅多にいませんよ」

大年増の女将は苦笑した。

「へえ。羽振りの良い客は滅多にいないか……」

新八は苦笑した。

「ま、昨夜遅く来た浪人さんと博奕打ち、珍しくお勘定を心配しないで酒を飲んで、それなりに羽振りが良かったのかもね」

大年増の女将は、首を捻った。

「へえ。浪人と博奕打ちの兄いか……」

新八は、手酌で酒を飲んだ。

足取りを追って来た浪人と半纏を着た男かもしれない……。

「ええ……」

「その浪人と博奕打ち、名前は何だい……」

「確か桑原の旦那とか、富吉とか云っていましたよ」

「桑原の旦那に富吉ですか……」

浪人は桑原、博奕打ちは富吉……。

新八は知り、微かな緊張を覚えた。


燭台《しょくだい》の火は揺れた。

和馬は、幸吉と別れた後、八丁堀岡崎町《はっちょうぼりおかざきちょう》の秋山屋敷を訪れた。

久蔵は、酒を飲みながら和馬の報せを受けた。

「成る程、穏やかな人徳者の秀宝堂吉兵衛が恨まれていたか……」

久蔵は頷いた。

「はい。で、妾を囲う邪魔をされた薬種問屋大黒堂の旦那の勘三郎が恨み、金で刺客を雇い、秀宝堂吉兵衛と手代を斬らせた……」

和馬は、酒を飲みながら告げた。

「だが、確かな証拠だな」

「はい。明日から勘三郎に張り付いてみます」

「うむ。処で和馬。秀宝堂、旦那の吉兵衛が殺され、此れからどうするのだ」

久蔵は眉をひそめた。

「おそらく、番頭の彦六が若旦那の文七を盛り立てて商売を続けて行くものかと……」

「そうか……」

「秀宝堂が何か……」

和馬は、微かな戸惑いを過らせた。

「若旦那の文七、評判はどうなのだ」

久蔵は尋ねた。

「薬草や調合を学んでいるとか、若いのに評判は良いようですよ」

「そうか。他に何か妙な話や噂はないか……」

「今の処、別に聞いてはいませんが……」

「ならば、良いが……」

「ですが、もし睨み通り大黒堂の勘三郎の企みならば、未だ秀宝堂に何か仕掛けるかも……」

和馬は眉をひそめた。

「万が一、そうなった時、年若の文七、持ち堪《こた》えられるかな」

久蔵は心配した。

「ま、番頭の彦六もいる事ですから大丈夫だとは思いますが……」

「そうか。ならば良いが……」

久蔵と和馬は酒を飲んだ。

燭台の火は瞬《また》いた。


幸吉は、雲海坊《うんかいぼう》と勇次を呼び、吉兵衛と平助殺しが薬種問屋『大黒堂』主の勘三郎の企みかもしれないと告げた。

「へえ。妾話を断った女行商人への嫌がらせを邪魔された恨みとは、呆《あき》れる程、執念深い野郎ですねえ」

雲海坊は、呆れた面持ちで酒を啜った。

「薬種問屋大黒堂の勘三郎ですか……」

勇次は眉をひそめた。

「ああ。だが勇次、確かな証拠は未だ何もなくてな」

幸吉は、酒を飲んだ。

「じゃあ、吉兵衛たちを斬った奴らを捕えて白状させるしかないか……」

雲海坊は苦笑した。

「ああ。らしい奴らは、今、由松と新八が追っているがな」

「となると、こっちは大黒堂の勘三郎の身辺を洗ってみますか……」

勇次は、手酌で酒を飲んだ。

「ああ。勘三郎と殺った奴ら、何処かで繋《つな》ぎを取る筈《はず》だ。雲海坊と明日からやってみてくれ……」

幸吉は命じた。

「心得ました」

「それから、雲海坊が云ったように勘三郎が執念深い野郎なら、吉兵衛を殺したのに飽き足らず、秀宝堂を潰しに掛かるかもな」

幸吉は、厳しい面持ちで読んだ。

「そんな真似はさせちゃあならねえ……」

雲海坊は、冷ややかに云い放った。

「ああ。処で勇次、女廻り髪結いはどうした」

幸吉は尋ねた。

「はい。木挽町五丁目の裏通りに住んでいる髪結いのおすみ、歳は三十六です……」

勇次は報せた。

「木挽町に住んでいるおすみか……」

幸吉は知った。

「はい。髪結いを生業にして、長年一人で暮らしているそうです」

「一人暮らし、家族はいないのか……」

「ええ。で、薬種屋秀宝堂との拘わりは分かりませんでした」

「そうか。ま、大した拘りじゃあないのかもしれないな……」

幸吉は頷き、酒を飲んだ。

湯島天神門前町の居酒屋『お多福』は、夜が更けるに従い安酒目当ての客で賑わった。

由松と新八は、前の夜に羽振りの良かった浪人の桑原と博奕打ちの富吉が現れるのを待った。だが、桑原らしい浪人と博奕打ちの富吉が現れる事はなかった。

「今夜は来ないかもしれませんね」

新八は眉をひそめた。

「ああ。ま、浪人が桑原で博奕打ちが富吉だと分かっただけでも上出来だ」

由松は笑った。

居酒屋『お多福』は賑わい、安酒の匂いが漂った。

三

薬種問屋『大黒堂』は、室町三丁目の浮世小路《うきよこうじ》に入る処にあり、軒下に大名旗本家御用達の金看板が何枚か掲げられていた。

雲海坊と勇次は、物陰から見張った。

「大黒堂、中々の薬種問屋ですね」

「ああ。主の勘三郎、かなりの遣《や》り手、商売上手なんだろうな」

雲海坊は読んだ。

「ええ。店の雰囲気はどんな風なんですかね」

「よし。ちょいと突いてみるか……」

雲海坊が苦笑し、『大黒堂』の前に進んで経を読み始めた。

雲海坊の経は朗々と響いた。

勇次は見守った。

店から手代が現れ、雲海坊に進んだ。

「坊主《ぼうず》。商売の邪魔だ。さっさと行きな」

手代は、雲海坊を脅《おど》した。

雲海坊は、めげずに経を読んだ。

「煩《うるさ》いんだよ」

手代は、雲海坊を突き飛ばそうとした。

雲海坊は躱《かわ》し、手代の足を引っ掛けた。

手代は、足を縺《もつ》れさせて転んだ。

「罰当りが……」

雲海坊は、倒れた手代に冷笑を浴びせ、経を読みながら立ち去った。

「大店《おおだな》にしては、奉公人の躾《しつけ》がなっちゃあいませんね」

勇次は苦笑した。

「躾処か、大黒堂、余り好い雰囲気じゃあないな」

「余り好い雰囲気じゃないですか……」

「ああ。旦那の勘三郎や番頭、随分と威張り腐っているようだな」

雲海坊は読んだ。

「成る程。だから、奉公人も刺々《とげとげ》しいか……」

勇次は納得した。

「ああ。よし、聞き込みを掛けてみるか……」

「じゃあ、あっしは店の見張りを続けます」

「ああ。じゃあな……」

雲海坊は、経を読みながら路地から出て行った。

勇次は、斜向かいの薬種問屋『大黒堂』を見張り続けた。

薬種問屋『大黒堂』には客が出入りし、刻が過ぎた。

往来を行き交う人々の中に、鬢盥を提げた中年の女髪結いがいた。

「あっ……」

勇次は、やって来る中年の女髪結いが、木挽町のおすみだと気が付いた。

おすみは、薬種問屋『大黒堂』の前を通り過ぎた。

足取りを緩め『大黒堂』の店内を覗き、窺いながら……。

勇次は戸惑った。

おすみは、『大黒堂』の様子を窺った。

何故だ……。

おすみは、薬種屋『秀宝堂』だけではなく、薬種問屋『大黒堂』とも何らかの拘わりがあるのか……。

勇次は眉をひそめた。

おすみは、薬種問屋『大黒堂』の前を通り過ぎて行った。

勇次は見送った。

町駕籠《まちかご》が来て、薬種問屋『大黒堂』の前に止まった。

主の勘三郎が出掛けるのか……。

勇次は見守った。

禿頭《はげあたま》の初老の旦那が、番頭や手代たちを従えて薬種問屋『大黒堂』から現れ、町駕籠に乗った。

薬種問屋『大黒堂』主の勘三郎……。

勇次は見定めた。

勘三郎を乗せた町駕籠は、お供の手代を従えて日本橋の通りを神田八つ小路に向かった。

よし……。

勇次は、勘三郎を乗せた町駕籠を追った。

おすみが物陰から現れ、厳しい面持ちで勘三郎を乗せた町駕籠を見送った。

神田鍛冶町の薬種屋『秀宝堂』は、弔いも終えて静寂に包まれていた。

清吉は、物陰から見張り続けた。

不審な事はなく、妙な奴が訪れてもいない……。

清吉は見張った。

「おう。清吉……」

太市《たいち》が現れた。

「こりゃあ太市さん……」

清吉は、秋山家下男の太市が現れたのに戸惑った。

「秀宝堂かい……」

太市は、薬種屋『秀宝堂』を眺《なが》めた。

「はい……」

清吉は頷いた。

「若旦那の文七、変わった事はないか……」

「ええ。太市さん、文七の若旦那を御存知なんですかい……」

「う、うん。知り合いの旦那がちょいとな。で、文七、評判は好いそうだな」

「そりゃあもう。薬草や調合を学び、心の臓の悪いおっ母さんの薬を自分で作る孝行者だそうですよ」

清吉は笑った。

「それはそれは……」

太市は感心した。

「あっ……」

清吉は、鬢盥を提げてやって来る女髪結いのおすみに気が付いた。

「あの、女髪結い、どうかしたのか……」

太市は眉をひそめた。

「昨日も来ていましてね……」

清吉は、怪訝《けげん》な面持ちでおすみを見守った。

おすみは、大戸の閉められた薬種屋『秀宝堂』を窺い、辺りを見廻して通り過ぎて行った。

「昨日も……」

「ええ。ですが、焼香もせずに帰りましてね。勇次の兄貴の話じゃあ、木挽町に住んでいるおすみって髪結いだそうですよ」

清吉は、日本橋に向かって行くおすみを見送った。

「そうか。じゃあ清吉、気を付けてな……」

太市は、清吉に笑い掛けてその場を離れて裏通りに入って行った。

「は、はい……」

清吉は、怪訝な面持ちで太市を見送った。


太市は、裏通りを走った。

女髪結いのおすみ……。

太市は、辻を曲がって表通りに出た。

女髪結いのおすみが、眼の前を通り過ぎて行った。

間に合った……。

太市は、息を整えて女髪結いのおすみを尾行始めた。

おすみは、鬢盥を提げて日本橋を渡り、京橋に向かった。

木挽町の家に帰るのか……。

太市は尾行た。


薬種問屋『大黒堂』主の勘三郎を乗せた町駕籠は、お供の手代を従えて神田八つ小路から神田川に架かる昌平橋《しょうへいばし》を渡り、明神下の通りを不忍池に向かった。

勇次は追った。

町駕籠と手代は、不忍池の畔を進んだ。

不忍池の畔には木洩れ日が揺れていた。

町駕籠と手代は進み、不忍池の畔にある料理屋『鶴乃屋《つるのや》』の木戸門を潜《くぐ》った。

勇次は、木戸門に走り、料理屋『鶴乃屋』を窺った。

町駕籠は下足番に迎えられ、『鶴乃屋』から女将と仲居が出て来た。

勘三郎と手代は、女将や仲居たちに誘われて料理屋『鶴乃屋』に入って行った。

勇次は見届けた。

で、勘三郎は誰かと逢うのか……。

勇次は、勘三郎が『鶴乃屋』で逢う相手が誰か見届けようとした。

町駕籠が帰り、料理屋『鶴乃屋』の戸口の前には下足番が残り、掃除を始めた。

お店《たな》の旦那が二人、下足番に迎えられて料理屋『鶴乃屋』に入って行った。

勘三郎の逢う相手か……。

勇次は見守った。


女髪結いのおすみは、三十間堀に架かっている木挽橋を渡り、木挽町五丁目の裏通りに進んだ。

太市は尾行た。

薬種屋『秀宝堂』若旦那の文七と女髪結いのおすみの身辺を秘かに洗え……。

それが、久蔵の指図だった。

おすみは、裏通りにある荒物屋の角を路地に曲がった。

太市は、路地の入口に走った。

おすみは、路地の奥の小さな家に入り、腰高障子《こしだか》を閉めた。

太市は見届けた。


薬種問屋『大黒堂』主の勘三郎が、料理屋『鶴乃屋』に入ってから四半刻《しはんとき》（三十分）が過ぎた。

勇次は、見張り続けていた。

下足番は、掃除をする処もなくなり、縁台に腰掛けて煙草《たばこ》を燻《くゆ》らせた。

よし……。

勇次は、下足番に近付いた。

「いらっしゃいませ……」

下足番は、慌てて煙草を消して勇次を迎えた。

「やあ……」

勇次は、下足番に笑い掛け、素早く小粒を握らせた。

「えっ……」

下足番は戸惑った。

「ちょいと訊きたい事があってね」

勇次は、懐の十手を見せた。

「ああ。なんですかい……」

「薬種問屋大黒堂の勘三郎の旦那、誰と逢っているのかな……」

勇次は尋ねた。

「ああ。大黒堂の勘三郎の旦那なら、薬種屋の旦那たちと逢っていますよ」

下足番は、小粒を握り締めた。

「薬種屋の旦那たち……」

「ええ。薬種問屋大黒堂の勘三郎旦那の取り巻きの連中ですよ」

「取り巻き連中……」

勇次は眉をひそめた。

「ええ……」

「何の用で逢っているのかな……」

「さあ。そこ迄は分かりませんが、どうせ、陸《ろく》な事じゃありませんよ」

下足番は、勘三郎たちが嫌いなのか、腹立たし気に告げた。

「陸な事じゃあないか……」

勇次は苦笑した。

薬種問屋『大黒堂』勘三郎は、取り巻きの薬種屋の旦那たちを集めて何を話し合っているのか……。

勇次は、そいつが知りたくなった。

湯島天神門前町の盛り場は、夜の商売の仕度を始めていた。

浪人の桑原と博奕打ちの富吉……。

由松と新八は、湯島天神境内に桑原と富吉を捜し続けていた。

「由松さん……」

新八は、行き交う参拝客の中にいる地廻りの紋造を示した。

「地廻りの紋造か……」

「ええ。紋造、桑原と富吉がお多福に出入りしているのを知っているなら、棲家《すみか》も知っているのかも……」

新八は読んだ。

「よし、俺が脅して泳がせる。新八はその後の紋造をな……」

由松は、手筈《てはず》を決めた。

「承知……」

新八は、笑みを浮かべて頷いた。

地廻りの紋造は、参道に露店を出している行商人に声を掛けていた。

「おう。紋造……」

由松が現れた。

「こりゃあ、由松の兄い……」

「ちょいと、面《つら》を貸して貰おうか……」

由松は、笑い掛けた。

「えっ……」

「桑原と富吉、何処にいるんだ」

「桑原と富吉……」

「ああ。浪人の桑原と博奕打ちの富吉だ。何処にいるんだ」

由松は凄《すご》んだ。

「し、知りません」

「本当か、紋造。桑原と富吉は捕え次第、詮議無用の打首獄門《うちくびごくもん》だ」

「打首獄門……」

「ああ。惚《とぼ》けると紋造、手前も同罪。打首獄門だ」

由松は、紋造に嘲笑を浴びせた。

「そんな……」

紋造は怯えた。

「だったら紋造。精々、桑原と富吉がお縄にならないように天神さまに祈るんだな」

由松は、嘲笑を残して立ち去った。

紋造は、由松を腹立たし気に見送り、足早に大鳥居に向かった。

新八が現れ、紋造を追った。

薬種問屋『大黒堂』勘三郎は町駕籠に乗り、手代をお供に料理屋『鶴乃屋』から帰って行った。

薬種屋の旦那たちは、女将や仲居たちと見送った。

勇次は見守った。

薬種屋の旦那たちは、背伸びをして座敷に戻り始めた。

「あのう。私は用がありますので、此れで……」

旦那の一人が告げた。

勇次は、下足番を見た。

下足番は、頷いて見せた。

薬種屋玉泉堂《ぎょくせんどう》の喜平《きへい》の旦那……。

勇次は、下足番に頷き返して薬種屋『玉泉堂』主の喜平を追った。

不忍池の畔に木洩れ日は揺れた。

薬種屋『玉泉堂』喜平は、重い足取りで下谷《したや》広小路に向かっていた。

勇次は尾行た。

料理屋『鶴乃屋』の下足番は、薬種屋『玉泉堂』主の喜平が取り巻きの旦那の中で偉振《えらぶ》りもせず、一番真っ当だと教えてくれた。

喜平は、不忍池の畔にある古い小さな茶店に入り、茶を注文した。

よし……。

勇次は、茶店の縁台にいる喜平に並んで腰掛けた。

喜平は、深々と溜息を吐いた。

「お待たせしました」

茶店の老婆は、喜平と勇次に茶を持って来た。

喜平と勇次は、並んで茶を啜った。

「ああ、美味い……」

勇次は、思わず呟《つぶや》いた。

喜平は、勇次を見て微笑《ほほえ》んだ。

「済みません……」

勇次は詫びた。

「いいえ。本当に美味いねえ……」

喜平は、美味そうに茶を啜った。

「玉泉堂の喜平の旦那さまですね」

勇次は尋ねた。

「えっ……」

喜平は戸惑い、緊張を浮かべた。

「あっしは南町の秋山久蔵さまから手札を頂いている柳橋の幸吉の身内で勇次と申します」

勇次は、懐の十手を見せた。

「は、はい……」

喜平は、喉を鳴らして頷いた。

「ちょいと伺いますが、今日、薬種問屋大黒堂の勘三郎の旦那は、何を話しましたかね」

勇次は、喜平を見詰めた。

「大黒堂の勘三郎さんですか……」

喜平は、戸惑いを過らせた。

「ええ。薬種屋の皆さんに何を……」

「そ、それは……」

喜平は躊躇い、口籠《くちごも》った。

「ひょっとしたら、旦那の吉兵衛さんが殺された薬種屋秀宝堂の事じゃありませんか……」

勇次は読んだ。

「えっ……」

喜平は、微かに狼狽《うろた》えた。

「そうなんですね」

「ええ……」

喜平は、苦しそうに頷いた。

「どんな話ですか……」

「吉兵衛さんの亡くなった秀宝堂には、一切力を貸さず、便宜を図るなと……」

喜平は、吐息混じりに告げた。

「どう云う事ですか……」

勇次は戸惑った。

「秀宝堂を村八分にして潰す……」

喜平は、腹立たしげに告げた。

「何ですって……」

勇次は眉をひそめた。

水鳥が羽音を鳴らして飛び立ち、不忍池に波紋が幾重《いくえ》にも広がった。


地廻りの紋造は、神田川に架かっている昌平橋を渡り、神田八つ小路を抜けて外濠鎌倉河岸《かまくらがし》に進んだ。

新八は追った。

荷積み荷降ろしの終わった鎌倉河岸に行き交う人は少なく、古い一膳飯屋は人足《にんそく》相手に酒を飲ませ、賽子《さいころ》遊びをさせていた。

紋造は、古い一膳飯屋の縄暖簾を潜った。

新八は見届けた。

「あの一膳飯屋か……」

由松が、背後に現れた。

「はい……」

新八は、古い一膳飯屋を見詰めて頷いた。

「いるかな、桑原と富吉……」

「さあて、どうですかね……」

新八は眉をひそめた。

「何《いず》れにしろ、見定める手立てだな……」

由松は、古い一膳飯屋を窺った。

木挽町の路地奥に連なる家々には、出入りする者もいなかった。

太市は、路地の斜向かいにある煙草屋の縁台に腰掛け、煙草を燻らせて見張った。

粋《いき》な形《なり》の年増が路地から現れ、足早に表通りに向かった。

太市は見送った。

おすみ……。

太市は、気が付き、慌てて立ち上がった。

粋な形の年増は、女髪結いのおすみだった。

おすみは、別人のような粋な形をして表通りに行く。

太市は追った。


三十間堀に架かっている木挽橋を渡り、北に進むと京橋だ。

おすみは、木挽橋を渡って京橋に向かった。

粋な形をして何処に何しに行く……。

太市は尾行た。

四

室町の薬種問屋『大黒堂』は繁盛していた。

斜向かいにある甘味処の開け放たれた戸口には、托鉢《たくはつ》坊主の錫杖《しやくじよう》と古い饅頭笠《まんじゆうがさ》が立て掛けられていた。

雲海坊は、甘味処の窓辺に座り、薬種問屋『大黒堂』を見張っていた。

聞き込みから戻って来た時、見張っている筈の勇次はいなかった。

勇次がいないのは、主の勘三郎が出掛けて尾行て行ったからだ。

雲海坊は読み、甘味処に入って汁粉を食べながら『大黒堂』の見張りを続けた。

町駕籠がやって来て、薬種問屋『大黒堂』の前に停まった。

お供の手代が店に駆け込み、番頭たち奉公人が出迎えに現れた。

町駕籠から禿頭の初老の旦那が降り、番頭たちを従えて店に入って行った。

雲海坊は眺めた。

甘味処の婆さんが雲海坊の傍らで嘲笑《あざわら》った。

「婆さん、禿頭の爺さんが大黒堂の勘三郎の旦那かな……」

雲海坊は尋ねた。

「ええ。偉そうにしているけど、若い頃から小狡《こずる》い助平野郎だよ」

婆さんは、顔を顰《しか》めて吐き棄てた。

「婆さん、勘三郎の旦那が嫌いなようだね」

雲海坊は苦笑した。

「ああ。若い頃、私に付け文をしてね。お陰で死んだ亭主に疑われて、偉い迷惑だったよ」

婆さんは吐き棄てた。
「へえ。そいつは大変だったね」
雲海坊は、婆さんに大いに同情し、窓の外を眺めた。
勘三郎が帰って来たなら、尾行た筈の勇次も戻って来る筈だ。
だが、勇次は戻って来なかった。
どうした……。
雲海坊は戸惑い、窓の外を窺った。
行き交う人々の中に、太市の姿が見えた。
太市……。
雲海坊は、やって来る太市に気が付いた。
太市は、誰かを追って来ている。
雲海坊は、太市の先を行く者を見た。
粋な形の年増がいた。
此の年増か……。
雲海坊は眉をひそめた。
粋な形の年増は立ち止まり、薬種問屋『大黒堂』を窺った。

何だ……。

粋な形の年増は、大黒堂と拘わりがあるのか……。

雲海坊は戸惑い、急いで甘味処を出た。


太市は物陰に潜み、薬種問屋『大黒堂』を窺っている粋な形の年増を見張っていた。

雲海坊は見守った。

粋な形の年増は何者なのか……。

太市が見張る理由は何か……。

そして、太市のそうした動きは、主の久蔵の命での事なのだ。

雲海坊は読んだ。

粋な形の年増は、薬種問屋『大黒堂』から離れ、日本橋の通りを神田八つ小路に進んだ。

太市は追った。

雲海坊は見送った。

南町奉行所の用部屋の庭先には、木洩れ日が揺れていた。

久蔵は、訪れた弥平次《やへいじ》を用部屋に招いた。

「お久し振りにございます」

向島《むこうじま》の隠居の弥平次は、用部屋の障子の傍に座った。

「うむ。変わりはないようだな」

久蔵は、笑顔で弥平次を迎え、火鉢に掛けた鉄瓶の湯で茶を淹《い》れ始めた。

「お蔭さまで……」

「おまきも達者にしているかい……」

「はい。それはもう。奥方さまを始め、お屋敷の皆様も……」

「ああ。与平《よへい》も達者にしているよ」

久蔵は、茶を淹れて差し出した。

「畏《おそ》れ入ります。それは何よりにございます」

弥平次は笑った。

「して、用は薬種屋秀宝堂の一件だな」

久蔵は、茶を啜った。

「左様にございます。旦那の吉兵衛さんが殺されたと聞きまして……」

弥平次は、白髪眉《しらが》をひそめた。

「うむ。聞く処によると、若旦那の文七は十五歳にしては、しっかり者に育ったようだ」

「そりゃあ良かった。して、おすみは……」

「髪結いを生業にして木挽町で暮らしている」

「一人で……」

「うむ。どうやら十四年間、文七と秀宝堂を陰ながら見守っていたようだ」

久蔵は告げた。

「陰ながら見守っていた……」

「うむ。十四年前、私は悪党の用心棒だった浪人を斬り棄てた。そして、若い女房のおすみと赤ん坊が残された……」

「ええ。で、残されたおすみは赤ん坊を道連れに死のうとしましたか……」

「若い女一人で赤ん坊を育てるのは容易じゃあない……」

「はい。そして、あっしが子供のいない薬の行商人の吉兵衛おせい夫婦の家の前に赤ん坊を置き去りにさせた」

「柳橋の睨み通り、吉兵衛とおせい夫婦は赤ん坊を拾い、文七と名付け、我が子として可愛がって育ててくれた……」

「はい。ありがたい事にございます」

「そして、此の事は和馬や幸吉も知らぬ私と隠居だけの知る事だ」

「その吉兵衛さんが殺され、秀宝堂や文七に禍《わざわい》が降り掛かるとなると……」

「柳橋の弥平次は黙ってはいられぬか……」

「秋山さま……」

「うむ。柳橋の。黙っていられぬのは、おそらく他にもいる」

「他にも……」

「ああ。おすみだ……」

「おすみ……」

「うむ。おすみは置き去りにした赤ん坊を拾い、我が子として育て、可愛がってくれた吉兵衛おせい夫婦の恩義に報《むく》いる為には、おそらく何でもする覚悟だろう」

久蔵は読んだ。

「何でも……」

「ああ。吉兵衛殺しを企てた者と手を下した者を突き止めて、殺す……」

久蔵は読んだ。

「それが、おすみの恩返しですか……」

弥平次は緊張した。

「うむ。その恩は返させちゃあならねえ。それ故、おすみには太市を張り付け、万が一の時は、何としてでも食い止めろと命じてある」

久蔵は告げた。

「させちゃあならない恩返し、ですか……」

「ああ……」

久蔵は、厳しい面持ちで頷いた。


鎌倉河岸では小波《さざなみ》が岸辺を叩いていた。

由松は、古い一膳飯屋を見張り続けた。

古い一膳飯屋には、人足や博奕打ちが出入りをしていた。

「由松さん……」

新八が、和馬と幸吉を誘って来た。

「和馬の旦那、親分……」

由松は迎えた。

「あの一膳飯屋か……」

和馬は、古い一膳飯屋を見据えた。

「はい……」

「で、いるのか……」

幸吉は眉をひそめた。

「はい。さっき出て来た人足に訊いたんですが、富吉って博奕打ちと浪人が裏の人足長屋に潜《もぐ》り込み、盆茣蓙《ぼんござ》を囲んでいると……」

「浪人が桑原か……」

「きっと……」

由松は頷いた。

「賭場《とば》は裏の人足長屋だな」

「はい……」

「よし。俺と由松は表から踏み込む。柳橋と新八は裏から頼む」

和馬は命じた。

「心得ました。新八……」

幸吉は、新八を従えて古い一膳飯屋の裏手に向かった。

「よし。行くぞ。由松……」

和馬は、十手を握り締めた。

「はい……」

由松は、懐から角手《かくて》を出して左手に嵌《は》めた。


古い一膳飯屋の裏にある人足長屋では、博奕打ちや人足たちが賽子博奕に興じていた。

腰高障子を蹴破り、和馬と由松が踏み込んで来た。

博奕打ちと人足たちは、慌てて裏庭に逃げ出そうとした。

幸吉と新八が現れ、立ち塞がった。

「桑原と富吉はどいつだ……」

和馬は怒鳴った。

人足と博奕打ちたちは、一斉に瘦せた浪人と派手な半纏を着た男を見た。

「馬鹿野郎……」

瘦せた浪人の桑原は、刀を抜いて猛然と和馬に斬り掛かった。

和馬は、桑原の刀を十手で弾き飛ばした。
桑原は仰《の》け反《ぞ》った。
由松が、桑原の刀を持つ腕を摑《つか》んで捻った。
桑原は、呻《うめ》き声をあげて刀を落とした。
由松の角手が桑原の腕に突き刺さり、血が流れた。
「神妙にしやがれ」
和馬は、桑原の額を十手で殴った。
桑原は、額を押さえて昏倒《こんとう》した。
富吉は、庭に逃げた。
新八が、萬力鎖《まんりきぐさり》を放った。
萬力鎖は唸《うな》り、富吉の脚の脛《すね》を鋭く打った。
富吉は、悲鳴をあげて倒れた。
新八は飛び掛かり、捕り縄を打った。
「桑原、富吉。薬種屋秀宝堂吉兵衛と手代の平助を殺した罪でお縄にするぜ」
和馬は怒鳴った。

古い一膳飯屋の前には野次馬《やじうま》が集まり、恐ろしそうに囁《ささや》き合った。

通り掛ったおすみは、騒ぎに気が付いて怪訝な面持ちで立ち止まった。

太市は見守った。

古い一膳飯屋の前に集まっていた野次馬が退き、和馬、幸吉、由松、新八が浪人の桑原と博奕打ちの富吉を引き立てて出て来た。

「薬種屋の旦那殺しの下手人だそうだ」

「へえ。秀宝堂の旦那殺しか……」

野次馬たちは騒《ざわ》めいた。

おすみは、凝然《ぎょうぜん》と立ち尽くした。

「殺したのは桑原さんだ。俺たちは薬種問屋の大黒堂の旦那に頼まれて殺った迄だ……」

博奕打ちの富吉は抗《あらが》い、泣き喚《わめ》いた。

「黙れ、富吉……」

和馬は張り飛ばした。

富吉は、土埃《つちぼこり》を舞い上げて倒れた。

「頼まれただけです。本当だ。大黒堂の勘三郎の旦那に金で頼まれただけです」

富吉は、引き摺《ず》られながらも喚き続けた。

おすみは、強張《こわば》った面持ちで踵《きびす》を返した。

太市は、おすみを追った。


おすみは、思い詰めた顔で来た道を戻り始めた。

太市は尾行た。

おすみは、薬種屋『秀宝堂』主の吉兵衛殺しは、薬種問屋『大黒堂』主の勘三郎の企みだと知った。

そして、どうする……。

太市は、緊張を滲ませておすみを尾行た。

おすみは、足取りを僅かに速くした。

何かを決意したのか……。

太市は、おすみの思い詰めた面持ちと足取りを読んだ。

おすみは、日本橋の通りに出て日本橋に向かった。

日本橋までの間には室町があり、薬種問屋『大黒堂』がある。

まさか……。

太市は緊張した。

勇次は、薬種問屋『大黒堂』に戻って来た。

雲海坊さんが見張っている筈だ……。

勇次は、辺りに雲海坊を捜した。

斜向かいの甘味処の戸口に古い饅頭笠と錫杖があった。

雲海坊さんの目印だ……。

勇次は苦笑し、甘味処に入った。


「おう。勘三郎は戻っているよ」

雲海坊は、入って来た勇次に告げた。

「そうですか……」

勇次は、店の婆さんに茶を頼んだ。

「で、どうした……」

「勘三郎の奴、取り巻きの薬種屋の旦那を集めて、秀宝堂を村八分にして潰そうって魂胆ですよ」

勇次は、腹立たし気に報せた。

「村八分にして潰す……」

雲海坊は眉をひそめた。

「小狡い下司《げす》の勘三郎のやりそうな事だよ」

婆さんは、勇次に茶を出しながら顔を歪《ゆが》めて吐き棄てた。

「えっ……」

勇次は戸惑った。

「婆さん、若い頃、勘三郎に付け文されて随分と迷惑をしたそうだ」

雲海坊は苦笑した。

「それはそれは……」

勇次は感心した。

「まあね。じゃあ、ごゆっくり……」

婆さんは、科《しな》を作って立ち去った。

「旦那の吉兵衛さんを殺し、秀宝堂を潰す企みか。本当に執念深い外道《げどう》だな……」

雲海坊は眉をひそめた。

「ええ……」

勇次は頷いた。

「その話、詳しく教えて貰おうか……」

「えっ……」

雲海坊と勇次は、振り返った。

久蔵と弥平次が入って来ていた。

「秋山さま、御隠居……」

雲海坊と勇次は驚いた。

「秀宝堂に行こうと来たら、秋山さまが雲海坊の饅頭笠に気が付いてな」

弥平次は笑った。


おすみは、思い詰めた顔で通りを足早に進んだ。

太市は追った。

おすみは、薬種問屋『大黒堂』の前で立ち止まった。そして、憎しみに溢《あふ》れた眼で睨み付けた。

拙《まず》い……。

太市は焦った。

おすみは、覚悟を決めて薬種問屋『大黒堂』に向かった。

どうする……。

太市は、慌てて追った。


薬種問屋『大黒堂』は、手代たちが客の相手をしていた。

「いらっしゃいませ」

手代が、入って来たおすみに声を掛けた。

「木挽町のおすみと申しますが、旦那の勘三郎さまはお出でですか……」

おすみは尋ねた。

「は、はい。御用は……」

「薬種屋秀宝堂の事でお話がありまして……」

おすみは告げた。

「少々お待ち下さい」

手代は、帳場にいる番頭に報せた。

番頭は、おすみを見定め、手代に何事かを云い付けて、奥に入って行った。

手代は戻り、おすみを店の座敷に誘った。

太市は、それとなく座敷の傍に移動し、おすみを見守った。

手代は、おすみに茶を差し出し、座敷の戸を閉めた。

おすみは、座敷に座って勘三郎の来るのを待った。

僅かな刻が過ぎた。

「失礼します」

番頭が声を掛け、戸を開けた。

「お待たせしました。大黒堂主の勘三郎です」

勘三郎は、粋な形のおすみを値踏みするように見た。

「木挽町のおすみにございます」

「おすみさん、今迄にお逢いした事がありましたかな……」

勘三郎は、おすみに笑い掛けた。

「いいえ……」

おすみは、艶然《えんぜん》と笑った。

「で、秀宝堂の事とは……」

「はい……」

おすみは、帯の後ろから匕首を抜き、勘三郎に突き掛かった。

勘三郎は、驚きの声をあげて転がり躱した。

おすみは、匕首を構えた。

刹那、太市が飛び込んで来ておすみを押さえた。

「離して、離してください」

おすみは抗った。

太市は、必死におすみを押さえた。

「よし。そこ迄だ。おすみ……」

久蔵と弥平次が現れた。

「あ、秋山さま、柳橋の親分さん……」

おすみは呆然とした。

「暫《しば》くだな、おすみ……」

久蔵と弥平次は笑った。

勇次が現れ、勘三郎を助け起こした。

「あ、あの……」

勘三郎は、久蔵や弥平次に戸惑った眼を向けた。

「私は南町奉行所吟味方与力《ぎんみがたよりき》秋山久蔵、薬種問屋大黒堂勘三郎、薬種屋秀宝堂潰しを企てているそうだな」

久蔵は笑い掛けた。

「えっ……」

勘三郎は狼狽えた。

「それに、吉兵衛さんを浪人たちに殺させました。秋山さま、私、お縄になった富吉って人がそう云ったのを聞きました」

おすみは訴えた。

「太市……」

久蔵は、太市に訊いた。

「はい。おすみさんの云う通りです」

太市は頷いた。

「よし。ならば勘三郎、南町奉行所で吉兵衛殺しの説明もして貰おうか……」

久蔵は笑った。

勇次と雲海坊は、薬種問屋『大黒堂』勘三郎に捕り縄を打ち、南町奉行所に引き立てた。

「秋山さま、柳橋の親分さん……」

おすみは、久蔵と弥平次に頭を下げた。

「おすみ、文七、立派に育ったそうだな」

弥平次は喜んだ。

「親分さん、お陰さまで……」

おすみは、泣いて喜んだ。

「おすみ、吉兵衛おせい夫婦への感謝はわかるが、吉兵衛は喜びはしない……」

「はい……」

おすみは頷いた。

「此奴はやっちゃあならない恩返しだ」

久蔵は笑った。

久蔵は、浪人の桑原大膳《だいぜん》と博奕打ちの富吉を容赦なく責めた。

桑原と富吉は、薬種屋『秀宝堂』吉兵衛を勘三郎に頼まれて手代の平助と一緒に殺した事を認めた。

そして、取り巻きの薬種屋の旦那衆を南町奉行所に呼び出し、厳しく問い質《ただ》した。

薬種屋『玉泉堂』主の喜平を始めとした旦那たちは、勘三郎の薬種屋『秀宝堂』を村八分にして潰す企てを証言した。

久蔵は、詮議場に勘三郎を引き据え、吉兵衛殺しと『秀宝堂』潰しの企ての念を押した。

勘三郎は、罪を認めた。

「勘三郎、お前、薬の行商人のおまさを妾にしようとして断られ、困らせて言いなりにしようとしたが、吉兵衛に邪魔をされ、そいつを恨んでの事か……」

「は、はい……」

勘三郎は項垂《うなだ》れた。

久蔵は、勘三郎、桑原大膳、富吉を死罪に処し、薬種問屋『大黒堂』を闕所《けっしょ》にした。

そして、髪結いのおすみを無罪放免とした。

吉兵衛を亡くした薬種屋『秀宝堂』は、番頭の彦六たち奉公人が若旦那の文七を盛り立てて商売に励んだ。

文七は、母親おせいに孝養を尽くし、懸命に働いた。

おすみは、変わらずに文七と薬種屋『秀宝堂』を見守った。

そいつが恩返しだ……。

久蔵は微笑んだ。

第二話

助太刀

一

赤坂溜池《あかさかためいけ》は煌めいた。

久蔵は、妻の香織《かおり》が用意してくれた土産を手にし、溜池沿いの桐畑を赤坂御門に向かった。そして、赤坂田町五丁目の手前を南に曲がり、旗本屋敷の連なりを赤坂中ノ坂に進んだ。そして、氷川明神の裏手にある旗本の三枝兵衛《さえぐさひょうえ》の屋敷を訪れた。

旗本三百石小普請組《こぶしんぐみ》の三枝兵衛は、中庭に面した寝間で蒲団《ふとん》に横たわっていた。

「兵衛、秋山の久蔵さんがお見舞いに来て下さいましたよ」

三枝兵衛の老母静江《しずえ》は、蒲団に横たわっている息子の兵衛に声を掛けた。

「おお。久蔵か……」

兵衛は、身を起こして脇息《きょうそく》に凭《もた》れ掛かった。

「おう。横になっていろ、兵衛……」

久蔵は諫《いさ》めた。

「なあに、大丈夫だ……」

兵衛は笑った。

「兵衛、本当に大丈夫なんですね……」

静江は、兵衛に羽織を纏わせ、辺りを片付けた。

「母上、久蔵に茶を……」

兵衛は、煩そうに眉をひそめた。

「云われる迄もなく、直《す》ぐにお持ちしますよ。それから久蔵さんにお見舞いをいただきました。お前からもお礼をね。では、ちょいと失礼を……」

静江は、寝間から出て行った。

「相変わらず、口煩い母親でな……」

兵衛は苦笑した。

「何を云っている、早くに妻を病で亡くした男やもめの病人が、母上が御健在でなければ、疾《と》っくに死んでいるぞ」

久蔵は苦笑した。

「そりゃあ、そうだな……」

兵衛は笑った。

旗本三枝兵衛は、久蔵と一緒に学問所や剣術道場に通った少年の頃からの友であり、競争相手だった。

その兵衛が心の臓の発作に倒れ、寝た切りになったのは五年前の事だった。

「処で兵衛、相談したい事とはなんだ……」

久蔵は尋ねた。

数日前、八丁堀岡崎町の秋山屋敷に三枝家下男の利吉《りきち》が兵衛の手紙を持って来た。手紙には相談したい事があると書かれていた。

「う、うむ。実はな……」

兵衛は、廊下を来る静江の足音に言葉を途切らせた。

どうやら、相談の中身は静江には聞かれたくない話のようだ。

「お待たせ致しました。茶をお持ちしましたよ……」

静江が茶を持って来た。

「御造作をお掛けします」

久蔵は礼を述べた。

「いいえ。では、ごゆっくり……」

静江は、久蔵に会釈《えしゃく》をして兵衛の寝間から出て行った。

久蔵は、茶を飲んだ。

静江の足音は消えた。

「よし。聞かせて貰おう……」

久蔵は、兵衛を促《うなが》した。

「うむ。実はな久蔵、俺には子がいるかもしれないのだ」

兵衛は声をひそめた。

「何……」

久蔵は驚いた。

「うむ。大昔、屋敷に奉公していた下女のおかよを覚えているか……」

「下女のおかよ……」

久蔵は眉をひそめた。

「うむ。眼のくりっとした利発な娘で、十八歳だったと思う」

「うむ。そう云えばいたな。眼のくりっとした娘が……」

久蔵は思い出した。

「そして、俺が早苗《さなえ》を嫁に迎えると決まった時、暇を取って出て行った……」

「そうか。兵衛、お前、あのおかよと情を交わしていたのか……」

久蔵は、感心したように頷いた。

「まあな。若気の至りだ」

兵衛は苦笑した。

「して、どうした」

久蔵は、話を促した。

「おかよも、それから間もなく嫁に行き、子を生んだと聞き、何となく安堵《あんど》し、忘れていたのだが……」

「何かあったのか……」

「うむ。近頃、若い浪人が屋敷の門前をうろついているそうでな」

兵衛は眉をひそめた。

「何……」

「うん。下男の利吉によると、若い浪人が門前をうろつき、屋敷内を窺っているそうだ」

「年の頃は……」

「二十五、六歳だそうだ……」

兵衛は告げた。

「二十五、六歳か。兵衛、お前がおかよと情を交わしていたのは……」

「二十歳の頃だ……」

「兵衛、お前、確か四十六歳だったな」

「うむ。四十六の父親に二十五、六の倅《せがれ》だ」

「ならば、その若い浪人、おかよの子だと云うのか……」

「ああ。して、俺の子かも……」

兵衛は読んだ。

「まさか……」

久蔵は苦笑した。

「だが、あり得る……」

兵衛は、己を嘲《あざけ》るような笑みを浮かべた。

「うむ……」

久蔵は頷いた。

「そこでだ久蔵、門前をうろついている若い浪人の名と素姓を突き止めてくれぬか……」

兵衛は頼んだ。

「うむ。そいつは構わぬが。おかよは、何処の誰に嫁いだのだ」

久蔵は尋ねた。

「名は分らぬ。確か入谷《いりや》に住んでいて剣術道場の師範代や寺子屋の師匠で食っている浪人だと聞いた覚えがあるが、大昔の事だ。本当かどうかも分らぬ……」

兵衛は、吐息を洩らした。

「そうか。処で兵衛。万が一、若い浪人がおかよの子でお前の倅だったらどうする気だ」

「さあて、そこ迄は、未だ考えてはおらぬ」

兵衛は苦笑した。

「そうか……」

久蔵は、厳しい面持ちで頷いた。

燭台の灯りは、酒を飲む久蔵を仄《ほの》かに照らしていた。

「旦那さま……」

太市が、座敷の外から声を掛けて来た。

「太市か……」

「はい。柳橋の親分をお連れ致しました」

「うむ。入って貰え……」

「はい……」

太市が障子を開けた。

「御無礼致します」

柳橋の幸吉が座敷に入って来た。

「うむ。柳橋の。夜分、済まぬな」

「いいえ……」

「では……」

太市は、障子を閉めようとした。

「太市、お前も座ってくれ」

久蔵は命じた。

「は、はい」

太市は、戸惑いながらも座敷に入った。

「お待たせ致しました」

香織とおふみが、膳と徳利を持って来て幸吉と太市の前に置いた。

「では……」

香織とおふみは、膳の仕度をして座敷から出て行った。

幸吉と太市は、微かな緊張を過らせた。

「ちょいと話があってな。ま、酒を飲みながら聞いてくれ」

久蔵は、酒を飲みながら旧友の三枝兵衛の頼みを語り始めた。

幸吉と太市は、酒を飲みながら久蔵の話を聞いた。

「……と云う訳だ」

久蔵は、語り終えて酒を飲んだ。

「その若い浪人の名と素姓、おかよと云う女の行方《ゆくえ》ですか……」

幸吉は眉をひそめた。

「うむ。どうだ、やってくれるか……」

「それはもう……」

　幸吉と太市は頷いた。

「よし、ならば太市。お前は三枝屋敷に詰め、若い浪人が現れたら後を追って名と素姓を突き止めてくれ」

「承知しました」

　太市は頷いた。

「うむ……」

「ならば秋山さま、あっし共は入谷の剣術道場の師範代や寺子屋の師匠をしていた浪人とおかよを捜しますか……」

　幸吉は告げた。

「そうしてくれるか……」

「はい。雲海坊と新八に調べさせます」

　幸吉は頷いた。

「そうか。ま、大昔の話でいろいろ面倒だろうが、宜しく頼む……」

　久蔵は頼んだ。

「それにしても秋山さま。万が一、三枝さまに息子がいたらどうなるんですかね」

幸吉は首を捻った。

「うむ。兵衛と三枝家が嫡子《ちゃくし》として認めれば、家督を継ぐ事になるのだが……」

久蔵は眉をひそめた。

「認めるとは限りませんか……」

太市は尋ねた。

「中々難しいだろうな」

久蔵は頷いた。

「でしょうねえ……」

太市は眉をひそめた。

「うむ……」

久蔵は、厳しい面持ちで酒を飲んだ。

燭台の火は瞬いた。

翌日、太市は赤坂中ノ坂の旗本三枝屋敷を訪れた。

三枝兵衛は、訪れた太市を中庭に招いた。

太市は、下男の利吉に誘われて兵衛の寝間の前の中庭に控えた。

「やあ。おぬしが太市か……」

兵衛は、太市に笑い掛けた。

「はい。太市にございます」

太市は、寝間の蒲団の上に身を起こしている兵衛を見上げた。

「三枝兵衛だ。此度《こたび》は面倒を掛けるな」

兵衛は、太市を労《ねぎら》った。

「いいえ。お役に立てると良いのですが……」

「うむ。相手は未だ良く分からぬ者。呉々《くれぐれ》も油断なく、宜しく頼む……」

「はい。心得ました」

太市は頷き、利吉と一緒に兵衛の前から下がり、表門の門番所に戻った。

「じゃあ利吉さん、若い浪人が現れたら教えて下さい」

太市は頼み、覗き窓から表門前を窺った。

入谷鬼子母神《きしもじん》の境内に参拝客は少なく、参道には木洩れ日が揺れていた。

雲海坊と新八は、鬼子母神に参拝して入谷の自身番に向かった。

「おかよさんですか……」

入谷の自身番の店番は、町内名簿を捲って〝かよ〟を捜し始めた。

「えぇ。年の頃は四十過ぎで、浪人のお内儀さん、二十歳過ぎの倅がいるかもしれません」

新八は告げた。

「四十過ぎで、浪人のお内儀のかよさんですか……」

店番は、名簿に〝かよ〟を捜した。

新八は見守った。

「見当たりませんねえ、かよさん……」

店番は首を捻り、町内名簿を閉じた。

「そうですか、じゃあ、十年前に暮らしていたのか、調べて貰えますかな……」

雲海坊は、店番に頼んだ。

「十年前……」

店番は戸惑った。

「ええ。十年前の町内名簿、人別帳、あるんでしょう」

「ええ。まあ……」

店番は、面倒そうに顔を歪めた。

「じゃあ、そいつをちょいと見せて貰えるかな。何でしたら、南の御番所の秋山久蔵さまのお許しを頂いてきますが……」

雲海坊は笑い掛けた。

「そ、そんな。秋山さまのお手を煩わせる程の事はありません。ちょいとお待ちを……」

店番は、慌てて十年前の町内名簿を探し始めた。

雲海坊と新八は苦笑した。

雲海坊と新八は、店番が差し出した十年前の町内名簿を自身番の板の間で読んだ。

十年前、鬼子母神の近くの小さな家に黒木左内《くろきさない》と云う浪人が、妻のかよと倅の裕一郎《ゆういちろう》と住んでいた。

「妻かよ三十四歳、倅裕一郎十六歳……」

雲海坊は眺んだ。

「黒木左内さん、生業は剣術指南となっていますね」

「うん……」

「それから十年。おかよは四十四歳、倅の裕一郎は二十六歳ですか……」

新八は読んだ。

「ああ。旦那の黒木左内は、此の年の暮れに胃の腑の病で亡くなっている……」

雲海坊は、町内名簿を読んだ。

「とにかく、かよが十年前に暮らしていた家に行ってみますか……」

新八は告げた。

「ああ。十年前を知っている人がいるといいんだが……」

「ええ……」

新八と雲海坊は、店番に礼を云って自身番を後にした。

赤坂中ノ坂を行き交う人は少なかった。

太市は、三枝屋敷の門番所から門前を行き交う人々を見張っていた。

様々な者が行き交い、刻が過ぎた。

若い総髪の浪人が、溜池の方からやって来た。

若い浪人……。

太市は、覗き窓から見守った。

若い浪人は、落ち着いた足取りでやって来て三枝屋敷の前に立ち止まった。

太市は、喉を鳴らした。

若い浪人は、三枝屋敷を眺めた。

「利吉さん……」

太市は、利吉を呼んだ。

利吉がやって来た。

「見て下さい……」

太市は、覗き窓の外を示した。

利吉は覗いた。

「どうです……」

「太市さん、間違いありません」

「分かりました。じゃあ、あっしは奴を追います」

太市は告げた。

「はい。気を付けて……」

利吉は頷いた。
若い浪人は、三枝屋敷の前を離れて尚も進んだ。
太市は、素早く潜り戸を出た。
利吉は潜り戸を閉めた。
太市は、先を行く若い浪人を物陰から見定めた。
若い浪人は進んだ。
何処の誰だ……。
三枝屋敷に何の用があるのか……。
太市は、物陰伝いに尾行た。
若い浪人は、行く手の角を東南に曲がった。
太市は追った。

若い浪人は、氷川明神門前町に進んだ。
氷川明神に行くのか……。
太市は読んだ。
若い浪人は、門前町から氷川明神の鳥居に廻った。

太市は尾行た。

赤坂氷川明神の境内に参拝客は少なかった。

若い浪人は、境内を進んで参拝し、片隅にある茶店を訪れた。そして、亭主に茶を頼んで縁台に腰掛けた。

太市は見張った。

若い浪人は、亭主の持って来た茶を飲みながら境内を見廻した。

誰かが来るのか……。

太市は、若い浪人が誰かと落ち合うと読み、緊張した面持ちで見張り続けた。

二

入谷鬼子母神の近くには、植木屋『植甚《うえじん》』の家作が何軒か並んでいた。

雲海坊と新八は、黒木左内一家が借りていた家作を訪ねた。

その家作には、大工の一家が住んでいた。

雲海坊と新八は、大工のおかみさんに黒木一家の事を尋ねた。

だが、大工一家は、黒木一家が引っ越した一年後から住み始めており、何も知らなかった。

新八は、残る家作の者たちにも尋ねたが、黒木一家を知る者はいなかった。

「よし。じゃあ、家作の大家の植甚に行ってみるか……」

「はい……」

雲海坊と新八は、大家の植木屋『植甚』の家に向かった。


植木屋『植甚』は、広い敷地に桜、椿、松、楓など様々な植木が植えられ、奥に母屋があった。

雲海坊と新八は、植木屋『植甚』を訪れた。

植木屋『植甚』の主の甚吉《じんきち》は仕事で出掛けており、中年のおかみさんと子供がいた。

雲海坊と新八は、十年前に家作に住んでいた黒木一家の事を尋ねた。

「十年前に家作に住んでいた黒木さんですか……」

おかみさんは眉をひそめた。

「ええ。覚えていますかね……」

新八は訊いた。

「いいえ。十年前と云えば、私は嫁に来たばかりで。爺ちゃんに訊いてみて下さいな」

おかみさんは告げた。

「爺ちゃん……」

植木屋『植甚』の隠居甚兵衛《じんべえ》は、離れの隠居所にいた。

雲海坊と新八は、隠居の甚兵衛に逢った。

「昔、家作に住んでいた黒木の旦那かい……」

隠居の甚兵衛は、懐かしそうに煙草を燻らせた。

「ええ。覚えているかな……」

雲海坊は尋ねた。

「ああ。覚えているよ。黒木左内の旦那は人柄が良くて剣術の腕も確かでね。良く夜釣りや遊山《ゆさん》に用心棒を兼ねて付き合って貰ったよ」

甚兵衛は、懐かしそうに眼を細めた。

「黒木左内さん、そんな人でしたか……」

雲海坊は頷いた。

「ああ。子供好きで良い人だったけど、胃の腑の病で死んじゃうなんて……」

甚兵衛は、黒木左内を思い出したのか鼻水を啜った。

「お気の毒に。で、残された御新造さんと子供、どうなったんですか……」

「うん。御新造のおかよさんは、働かなきゃあならなくなって、子供を連れて湯《ゆ》島切通町《しまきりどおしちょう》の長屋に越して行ったよ」

「湯島切通町の何て長屋ですか……」

「さあ、何て長屋だったか……」

甚兵衛は首を捻った。

「覚えちゃあいませんか……」

「うん。忘れたな。うん……」

甚兵衛は、自分の言葉に頷いた。

「その御新造のおかよさん、どんな人でした」

新八は尋ねた。

「若いのに気風《きっぷ》の良い女《ひと》でね。黒木の旦那とも夫婦仲が良く、月足らずで生まれた倅を夫婦でそりゃあもう可愛がって育てていたよ」

「倅、月足らずで生まれたのですか……」

新八は訊き返した。

「ああ。所帯を持って越して来て、八か月後に生まれてね。うちの死んだ婆さんたちが大騒ぎで取り上げたもんだ」

甚兵衛は、懐かしそうに告げた。

「そうですか……」

「ま、おかよさん、亭主の黒木の旦那の稼ぎが悪くても、いつも朗らかでね」

甚兵衛は笑った。

「御隠居、倅の名前は……」

「うん。裕一郎、黒木裕一郎だよ」

「黒木裕一郎さんですか……」

「ああ……」

「どんな子供でしたか……」

「黒木の旦那とおかよさんの子供だけに、曲がった事の嫌いな父親仕込みの腕前でね。遊んでいた子供を突き飛ばした遊び人を呼び止め、棒切れで向う脛を打ち据え、動けなくなった処を滅多打ちにした事があったな」

「へえ。そんな子供だったのですか……」

新八は感心した。

「ああ。もう十年も経つなら、裕一郎も良い若い衆になったんだろうな」

甚兵衛は、懐かしそうに眼を細めた。

十年前、浪人の黒木左内は胃の腑の病で亡くなり、残されたかよと倅の裕一郎は、湯島切通町の長屋に引っ越していた。

雲海坊と新八は、植木屋『植甚』の隠居の甚兵衛に礼を云って湯島切通町に向かった。


赤坂氷川明神は参拝客も少なく、穏やかさに満ちていた。

総髪の若い浪人は、境内の隅の茶店で茶を飲んでいた。

太市は、物陰から見守った。

四半刻が過ぎた。

羽織袴の若い武士が鳥居を潜り、氷川明神の境内に足早に入って来た。

若い武士は、若い浪人に声を掛けて隣に腰掛け、亭主に茶を頼んだ。

太市は、若い武士の羽織の裏地が浅葱裏《あさぎうら》なのに気が付いた。

〝浅葱裏〟とは、吉原遊郭などで浅葱木綿の裏地の羽織を着た田舎侍を嘲る言葉であり、大名家の勤番侍《きんばんざむらい》を指す言葉だ。

浅葱裏の羽織を着た若い武士は、大名屋敷の家臣、勤番侍なのだ。

太市は読んだ。

若い浪人と若い勤番侍は、何事か言葉を交わした。そして、若い勤番侍は、運ばれた茶を飲み干し、慌ただしく立ち去って行った。

若い浪人は苦笑し、見送った。

太市は迷った。

若い勤番侍を追うか、追わぬか……。

だが、役目は若い浪人の名と素姓を突き止める事だ。

太市は、若い浪人を見張り続けた。

若い浪人は、茶代を払って氷川明神の鳥居に向かった。

太市は尾行た。

下谷広小路は、東叡山寛永寺《とうえいざんかんえいじ》や中之島弁財天《なかのしまべんざいてん》の参拝客で賑わっていた。

雲海坊と新八は、下谷広小路を抜けて湯島切通町の自身番に向かった。

「黒木かよさんと裕一郎さん母子ですか……」

湯島切通町の自身番の店番は眉をひそめた。

「ええ。切通町にある長屋に十年前から住んでいる筈なんですがね」

新八は尋ねた。

「切通町にある長屋って、名前、分からないんですか……」

店番は、面倒そうに顔を歪めた。

「分っていりゃあ、此処には来ないよ」

雲海坊は、嘲りを浮かべた。

「えっ……」

店番は、微かな怯えを過らせた。

「黒木かよさんは四十過ぎ、裕一郎は二十歳《はたち》過ぎの母子だ……」

雲海坊は、店番を厳しく見据えた。

「は、はい……」

店番は、慌てて頷き、町内名簿を捲り始めた。

赤坂御門、四谷《よつや》御門、市ケ谷《いちがや》御門……。

若い浪人は、外濠沿いの道を足早に進んだ。

達者な足取りだった。

剣術や柔術の修行をしている……。

太市は読んだ。

外濠沿いの道は、牛込《うしごめ》御門、小石川《こいしかわ》御門、筋違《すじかい》御門と続く。

何処まで行くのだ……。

住まいを突き止め、自身番に尋ねれば名は分かる……。

太市は追った。


湯島切通町お稲荷《いなり》長屋……。

十年前、黒木かよと裕一郎母子は入谷からお稲荷長屋に越して来ていた。

雲海坊と新八は、湯島切通町の自身番でお稲荷長屋を突き止めた。だが、黒木かよと裕一郎母子は二年前に立ち退いており、現在の事は分からなかった。

「とにかくお稲荷長屋に行ってみますか……」

「うん。おかよさんと裕一郎、何処に越したか知っている人がいるかもな……」

雲海坊と新八は、お稲荷長屋に向かった。

お稲荷長屋は、木戸に古い稲荷堂のある長屋だった。

雲海坊と新八は、井戸端で洗い物をしていた初老のおかみさんに尋ねた。

「ああ。おかよさんと裕一郎さんなら知っているよ」

初老のおかみさんは、黒木かよと裕一郎母子を知っていた。

「どんな風でした。おかよさんと裕一郎……」

新八は尋ねた。

「そりゃあもう。おかよさんは料理屋の仲居をしながら、いろいろ内職をしてね。倅の裕一郎さんを学問所や剣術道場に通わせて、一生懸命に育てていましたよ」

初老のおかみさんは、懐かしそうに告げた。

「そうですか。で、裕一郎は……」

「そりゃあもう、穏やかなおっ母さん思いのお侍になりましたよ」

初老のおかみさんは笑った。

「そうですか……」

新八は、微かな安堵を覚えた。

「で、おかみさん、おかよさんと裕一郎はどうしてお稲荷長屋から越していったのかな」

雲海坊は尋ねた。

「さあ、その辺は、私も良く分からないんですよ」

初老のおかみさんは困惑した。

「じゃあ、何処に越したのかは……」

「それも、分からないよ……」

初老のおかみさんは眉をひそめた。

「そうですか……」

雲海坊は、肩を落とした。

「雲海坊さん……」

「ああ……」

黒木かよと裕一郎母子の足取りは途切れた。

外濠牛込御門神楽坂《かぐらざか》は西日に照らされた。

若い浪人は、背後に影を長く伸ばして神楽坂を上がった。

太市は尾行た。

若い浪人は、毘沙門天《びしやもんてん》で名高い善国寺《ぜんこくじ》前を通り、肴町《さかなまち》の辻を曲がり、岩戸町《いわとちよう》二丁目に進んで古い板塀の木戸門に入った。

太市は、古い板塀の木戸門に走った。

若い浪人は、木戸門の奥の家の玄関に入って行った。

太市は見届けた。

奥の家の玄関脇には、『直心影流神尾道場』の看板が掲げられていた。

太市は、木戸門を潜り、奥の家の武者窓を覗いた。

武者窓の内は道場だが、剣術の稽古《けいこ》をしている者はいなかった。

貧乏な古い剣術道場……。

太市は、見張りに就いた。

四半刻が過ぎても、若い浪人は出て来る事はなかった。

若い浪人の住まい……。

太市は見定め、夕暮れ時の岩戸町の自身番に走った。

「岩戸町二丁目の直心影流神尾《じきしんかげりゆうかみお》道場……」

岩戸町の自身番の店番は、尋ねた太市に胡散臭《うさんくさ》そうな眼を向けた。

「はい。どんな剣術道場ですか……」

太市は訊いた。

「どんなって、お前さんは……」

店番は眉をひそめた。

「あっ。手前は南町奉行所秋山久蔵の手の者にございます」

太市は告げた。

「あ、秋山さまの……」

「はい……」

「こりゃあ、御無礼しました。直心影流の神尾道場ですね」

店番は、態度を変えた。

「はい……」

いつもの事だ……。

太市は苦笑した。

「神尾道場は道場主の神尾先生が歳を取られ、余り門弟に稽古を付けられなくなりましてね。それで入門者も減り、二年前から師範代の若い先生が来ていますが、余り入門者は増えませんねえ」

店番は、気の毒そうに告げた。

「その師範代の若い先生、名前は……」

「黒木裕一郎って浪人さんですよ」

店番は告げた。

「黒木裕一郎……」

太市は、総髪の若い浪人の名を知った。

「ええ……」

「その師範代の黒木裕一郎さん、どんな方ですかね」

「若いのに直心影流の免許皆伝で、落ち着いた穏やかな人ですよ」

店番は微笑んだ。

黒木裕一郎の評判は好いようだ……。

太市は知った。

「で、その黒木さん、神尾道場に住んでいるんですかね」

「ええ。道場には、老先生の神尾先生と師範代の黒木さんと二人の内弟子、それに下男の藤八《とうはち》さんが暮らしていますよ」

「そうですか……」

太市は、赤坂中ノ坂の三枝兵衛の屋敷を窺う総髪の若い浪人の名と素姓をようやく突き止めた。

夕陽は沈み、神楽坂には大禍時《おおまがとき》が訪れた。


八丁堀岡崎町秋山屋敷は、蒼白い月明かりに照らされていた。

久蔵の座敷には、雲海坊、新八、太市が集まっていた。

「ならば、かよは三枝屋敷から暇を取った後、浪人の黒木左内と入谷で所帯を持ち、倅の裕一郎を産んだのだな」

久蔵は、念を押した。

「はい。で、亭主の黒木左内さんが胃の腑の病で亡くなり、おかよさんと裕一郎は、湯島切通町のお稲荷長屋に越して、二年前に立ち退いており、その後は……」

新八は眉をひそめた。

「分からないか……」

「はい……」

新八は頷いた。

「秋山さま、倅の裕一郎、月足らずで生まれていましたよ」

雲海坊は告げた。

「月足らず……」

久蔵は眉をひそめた。

「はい……」

雲海坊は、意味ありげに頷いた。

「そうか……」

久蔵は頷いた。

「して、太市の方はどうだった」

「はい。三枝屋敷の門前に現れる総髪の若い浪人、名は黒木裕一郎さんでした」

太市は報せた。

「黒木裕一郎……」

新八は驚いた。

「じゃあ、俺たちが捜していた黒木かよさんの倅か……」

雲海坊は眉をひそめた。

「おそらく。で、二年前から神楽坂は岩戸町二丁目にある直心影流の神尾道場の住込みの師範代をしていました」

太市は告げた。

「二年前。雲海坊さん……」

「うん。間違いないな」

雲海坊は笑った。

「剣術道場の住込みの師範代か……」

久蔵は頷いた。

「はい。剣の腕も立ち、穏やかな落ち着いた人柄だそうです」

「太市、剣術道場に住み込んでいるのは、倅の裕一郎だけか……」

「はい。年老いた神尾先生の他に内弟子二人と下男、裕一郎を入れて五人が道場で暮らしているそうです」

「おかよさんはいないのか……」

雲海坊は眉をひそめた。

「はい。おかよさんが一緒に暮らしている様子はありません」

太市は頷いた。

「そうか。いや、皆御苦労だった。造作を掛けたな……」

久蔵は、雲海坊、新八、太市に頭を下げて手を叩いた。

香織が返事をし、おふみや小春《こはる》と膳と酒を運んで来た。

「お待たせ致しました」

香織、おふみ、小春は、久蔵たちの前に膳を整え、徳利を置いた。

「それではごゆっくり……」

香織は、おふみや小春と出て行った。

「ま、やってくれ……」

久蔵は、手酌で酒を飲み始めた。

「さあて、次は黒木かよの行方と裕一郎のやっている事だな」

久蔵は酒を飲んだ。

「はい。気になるのは、赤坂氷川明神で裕一郎が逢った浅葱裏の侍です」

太市は眉をひそめた。

「よし。太市、その浅葱裏を洗ってみろ」

「心得ました」

「で、新八。お前は神尾道場にいる黒木裕一郎を見張ってくれ」

「承知しました」

新八は頷いた。

「じゃあ、手前は引き続き、黒木かよさんを捜してみますか……」

雲海坊は酒を啜った。

「うむ。そうしてくれ……」

久蔵は、笑みを浮かべて頷いた。

「はい……」

「そうか。倅の裕一郎、月足らずで生まれたのか……」

久蔵は眉をひそめた。

かよは、黒木左内と所帯を持った時、既に裕一郎を身籠っていたのかもしれない。

もし、そうだとしたら、裕一郎の実の父親は、黒木左内以外にも考えられるのだ。

黒木裕一郎が三枝屋敷の門前をうろつくのは、その辺りに理由があるのかもしれない。

「ま、本当に月足らずなのかどうかは、神と黒木かよだけが知る処ですか……」

雲海坊は笑った。

「うむ……」

久蔵は、手酌で酒を飲んだ。

三

神楽坂、岩戸町二丁目の神尾道場からは門弟たちの気合と木刀の打ち合う音が響いていた。

朝稽古か……。

新八は、武者窓から道場を覗いた。

道場では、若い二人の門弟が若い師範代の教えを受けていた。

あの若い師範代が黒木裕一郎……。

新八は見定めた。

裕一郎は、若い二人の門弟に丁寧な稽古を付けていた。

若いのに穏やかな人柄……。

新八は、お稲荷長屋の初老のおかみさんの言葉を思い出した。

赤坂氷川明神には、近所の年寄りが散歩がてらの参拝に来ていた。

境内の片隅にある茶店は、既に雨戸を開けて店を開いていた。

太市は、境内を見廻した。

昨日、茶店で黒木裕一郎と逢っていた浅葱裏の羽織を着た若い侍を捜した。

境内に浅葱裏は来ていなかった。

よし……。

太市は、茶店に入って縁台に腰掛けた。

「いらっしゃいませ」

亭主が迎えた。

「茶を頼みます」

太市は、茶を頼んで境内を眺めた。

参拝を終えた隠居が幼い孫と遊んでいた。

長閑《のどか》な風景だ……。

太市は、思わず笑みを浮かべた。

「おまちどおさまでした」

亭主が、茶を縁台に置いた。

太市は、茶を啜った。

亭主は、店先の掃除を始めた。

「ちょいと尋ねますが……」

「何でしょうか……」

亭主は、掃除の手を止めた。

「昨日、此処で若い総髪の浪人さんと御大名家の御家来が逢っていましたが、覚えていますか……」

太市は尋ねた。

「ええ。覚えていますよ」

「その御大名の御家来、何処の御家中の御家来か知っていますか……」

「ああ。あの御家来なら、鳥居前にある中村藩《なかむらはん》の江戸中屋敷詰めの方ですよ」

「中村藩……」

「ええ。陸奥国《むつのくに》の中村藩です」

「陸奥国中村藩の江戸中屋敷ですか……」

「ええ……」

「御家来の名前は分かりますか……」

「さあて、そこ迄は……」

亭主は、中村藩の家来の名前迄は知らなかった。

「分かりませんか……」

「はい……」

亭主は頷いた。

「じゃあ、近頃、中村藩江戸中屋敷に何か変わった事はありませんか……」

太市は尋ねた。

「変わった事ですか……」

亭主は眉をひそめた。

「ええ……」

「さあ、御大名屋敷の変わった事なんて……」

亭主は首を捻った。

「そうですよね……」

太市は苦笑した。

陸奥国中村藩江戸中屋敷の表門は、氷川明神の南側、麻布谷町《あざぶたにまち》にあった。

太市は、中村藩江戸中屋敷の横手の土塀沿いを進み、南側の表門に廻った。

中村藩江戸中屋敷は、表門を閉めて静寂に覆われていた。

太市は、辺りを見廻した。

中村藩江戸中屋敷の前には、旗本屋敷が並んで端に寺があった。

よし……。

太市は寺の境内に入り、山門の陰から中村藩江戸中屋敷の表門を見張った。

黒木裕一郎が逢っていた中村藩家中の若い家来は誰なのか……。

太市は、若い家来の出て来るのを待った。


雲海坊は、入谷の植木屋『植甚』の隠居の甚兵衛を訪れた。

「やあ。どうしたい……」

甚兵衛は、雲海坊を親し気に迎えた。

「御隠居、黒木左内さんの墓は何処にあるのかな……」

雲海坊は尋ねた。

「ああ。左内さんの墓なら、うちが庭木の手入れをしている下谷の正慶寺《しょうけいじ》って寺にあるよ」

甚兵衛は告げた。

「下谷の正慶寺ですか……」

「ああ。番随院《ばんずいいん》の隣の寺だよ」

「そうですか。御造作を掛けましたね」

雲海坊は、植木屋『植甚』を出て下谷正慶寺に向かった。

黒木かよは、死んだ夫の黒木左内の墓参りを欠かしていない筈だ……。

雲海坊は読んだ。

ひょっとしたら、正慶寺の住職は黒木かよの住まいを知っているかもしれない。

雲海坊は急いだ。


昼が近付いた。

剣術の稽古は終り、二人の門弟は道場の掃除に励んでいた。

「じゃあ、後は頼んだぞ」

師範代の黒木裕一郎は、二人の門弟に声を掛けて神尾道場を出た。

新八が物陰から現れ、裕一郎を追った。

裕一郎は、通りに出て神楽坂を下りた。
新八は尾行た。

中村藩江戸中屋敷の潜り戸が開いた。
太市は、寺の山門の陰に隠れた。
浅葱裏の羽織を着た若い家来が、潜り戸から現れた。
黒木裕一郎と逢っていた浅葱裏だ……。
太市は見定めた。
若い家来は、氷川明神に向かった。
太市は追った。
若い家来は、氷川明神の前を通って溜池に向かった。
何処に行くのだ……。
太市は追った。

風が吹き抜け、外濠に小波が走った。
神楽坂を下りた黒木裕一郎は、外濠沿いを小石川御門に向かった。

新八は尾行た。

裕一郎は、小石川御門の前を抜けて尚も進んだ。そして、水道橋の袂を通って湯島の通りに向かった。

何処に行く……。

新八は追った。

裕一郎は、湯島五丁目を横切り、湯島天神に進んだ。

行き先は湯島天神か……。

新八は読んだ。


新寺町《しんてらまち》の正慶寺の墓地には、線香の煙が漂っていた。

「此処だよ。黒木左内さんのお墓は……」

老寺男は、墓地の隅にある小さな墓を示した。小さな墓は手入れがされ、真新しい花が手向《たむ》けられていた。

「あれ。墓参りに来た者がいるね」

雲海坊は尋ねた。

「ああ。きっと黒木さんのお内儀さんだよ」

「うん。黒木さんのお内儀さん、毎月の命日には殆《ほとん》どお参りに来ているからねえ」

「お内儀さん……」

「毎月の命日……」

「ああ。左内さんが亡くなってもう随分と経っているけど、お内儀さん、身体の具合が悪くない限り、毎月の命日には墓参りに来ているよ……」

老寺男は、感心したように告げた。

「へえ、そうなんですか……」

「ああ。きっと仲の良い夫婦だったんだよ」

「ええ。で、黒木さんのお内儀さん、今、何処に住んでいるのか、御存知ですかい……」

雲海坊は尋ねた。

「さあて、聞いた覚えはあるんだが……」

老寺男は、白髪眉をひそめた。

「覚えちゃあいませんか……」

「ああ。御住職に訊いてみると良い。御住職なら覚えているかもな……」

老寺男は笑った。

「そうですか。じゃあ……」

雲海坊は、正慶寺の住職に逢う事にした。

湯島天神の境内は、多くの参拝客が行き交っていた。

黒木裕一郎は、湯島天神の拝殿に手を合わせた。

新八は見守った。

参拝を終えた裕一郎は、東側の鳥居に進んだ。東の鳥居を潜ると、不忍池に続く男坂と女坂がある。

裕一郎は、男坂を降りて同朋町《どうぼうちょう》に進んだ。

新八は尾行た。

裕一郎は、同朋町の奥に進んだ。

奥には小さな家が密集し、狭い裏路地が迷路のように続いていた。

新八は追った。

裕一郎は、路地を進んで一軒の古い家の腰高障子を叩いた。

新八は見守った。

腰高障子が開き、二枚目の優男《やさおとこ》が顔を出して裕一郎を迎え入れた。

新八は見届けた。

古い家はどう云う家で、二枚目の優男は何者なのだ……。

そして、裕一郎はどのような拘わりで、何をしようとしているのだ。

新八は、微かな緊張を覚えた。

「何をしてんだい……」

背後から男の声がした。

新八は振り返った。

博奕打ちのような男が、新八を睨み付けていた。

「あの家に何か用かい……」

博奕打ちのような男は、裕一郎の入った古い家を示した。

「いえ。ちょいと。御免なすって……」

新八は、その場から立ち去ろうとした。

「待ちな……」

博奕打ちのような男は、新八を捕まえようと手を伸ばした。

新八は、博奕打ちのような男の手を振り切って足早に進んだ。

「おい、待てよ……」

博奕打ちのような男は、慌てて新八を追った。

新八は、狭い路地を駆け抜けた。

博奕打ちのような男は、新八を追って路地を曲がった。

路地を曲がると古い閻魔《えんま》堂があり、新八の姿はなかった。

博奕打ちのような男は、辺りを窺って古い閻魔堂に近付いた。そして、閻魔堂の格子戸を開けた。

格子戸は小さな軋《きし》みを鳴らした。

閻魔堂の中は薄暗く、色の剝《は》げた古い閻魔像が鎮座していた。

博奕打ちのような男は、辺りを警戒しながら閻魔堂に踏み込んだ。

刹那、格子戸の上の鴨居から新八が博奕打ちのような男に飛び掛かった。

博奕打ちのような男は倒れた。

新八は、倒れた博奕打ちのような男を蹴り飛ばした。

博奕打ちのような男は、頭を抱えて身を縮めた。

新八は、容赦なく蹴り飛ばし、殴り飛ばした。そして、頭を抱えた博奕打ちのような男の首に萬力鎖を巻き付け、馬乗りになって締め上げた。

博奕打ちのような男は、苦しく仰け反った。

「た、助けてくれ……」

博奕打ちのような男は、泣きを入れた。

「手前、名前は……」

「ぎ、銀次《ぎんじ》……」

博奕打ちのような男は名乗った。

「銀次、さっきの家はどう云う家だ」

新八は尋ねた。

「音吉《おときち》の兄貴の家だ」

裕一郎を迎え入れた二枚目の優男だ。

「音吉、何者だ……」

「そ、それは……」

「云え……」

新八は、萬力鎖を絞めた。

萬力鎖は、銀次の首に喰い込んだ。

「や、役者崩れの始末屋……」

銀次は、赤黒くなった顔を苦しく歪めた。

「役者崩れの始末屋だと……」

新八は眉をひそめた。

始末屋とは、金を貰って人を殺す者たちを称した。

「ああ……」

「じゃあ、総髪の若い浪人が入って行ったが、奴も始末屋なのか……」

新八は、厳しい面持ちで訊いた。

「そいつは知らねえ……」

「銀次、惚けると為にならねえぞ」

新八は、萬力鎖を絞めた。

「本当だ。本当に知らねえ……」

銀次は、赤黒い顔を恐怖に歪めて必死に訴えた。

どうやら嘘偽りはない……。

「銀次、此の事、音吉が知ったらお前の命はない。何も云わずに忘れるんだな」

新八は冷笑し、萬力鎖を緩めた。

「はい……」

銀次は、吐息を洩らして頷いた。

「じゃあな……」

新八は、銀次の鳩尾《みぞおち》に蹴りを入れた。

銀次は呻き、気を失った。

「お邪魔しました」

新八は、古い閻魔像に手を合わせて出て行った。


黒木裕一郎は未だ音吉の家にいるか……。

新八は、音吉の家に向かって路地を曲がった。

次の瞬間、新八は向かい側から来た黒木裕一郎とぶつかりそうになった。

裕一郎は咄嗟《とっさ》に躱した。

「此奴は御無礼しました」

新八は、慌てて詫びた。

「いや。狭い路地だ。気を付けるんだな」
裕一郎は新八に笑い掛け、路地の出口に立ち去った。
危ねえ……。
ぶつかっていれば抜き打ちの一刀を浴びていたかもしれない。
新八は息を吐いた。
よし……。
そして、気を取り直して裕一郎を追った。

「茶を頼む……」
中村藩江戸中屋敷詰めの若い家来は、湯島天神境内の茶店の縁台に腰掛けた。
太市は見届けた。
只の参拝か、それとも誰かと逢うのか……。
太市は、石燈籠《いしどうろう》の陰から茶店で茶を飲んでいる若い家来を見守った。
若い家来は、茶を飲みながら行き交う参拝客を眺めた。
太市は見守った。
拝殿の東から来る人々の中に、見覚えのある顔があった。

黒木裕一郎……。

太市は、拝殿の東から来る人々の中に黒木裕一郎がいるのに気が付いた。そして、充分に距離を取って追って来る新八がいるのを知った。

若い家来は、黒木裕一郎に逢いに来たのだ。

太市は知った。

裕一郎は、茶店に向かった。

茶店で茶を飲んでいた若い家来は、やって来た裕一郎に笑い掛けた。

新八は、物陰に潜んだ。

太市は、石燈籠の陰から見守った。

「おう。虎之介《とらのすけ》……」

黒木裕一郎は、茶店で茶を飲んでいた若い家来に笑い掛けた。

「どうだ。分かったか裕一郎……」

虎之介と呼ばれた若い家来は、裕一郎を迎えた。

「ああ。腹拵えだ、虎之介……」

裕一郎は、虎之介に声を掛けて茶店の前を通り過ぎた。

「お、おう……」

虎之介は、慌てて茶代を置いて、裕一郎に続いた。

太市は、大鳥居に向かう黒木裕一郎と虎之介を追った。

中村藩江戸中屋敷詰めの若い家来は、虎之介と云う名前だった。

太市は知った。

「太市さん……」

新八が、太市の背後に付いた。

「おう。御苦労さん……」

太市と新八は、黒木裕一郎と虎之介を追った。

大鳥居を潜って湯島天神を出ると、土産物屋、甘味処、蕎麦屋、一膳飯屋などがあった。

黒木裕一郎と虎之介は、一膳飯屋の暖簾を潜った。

太市と新八は見守った。

「黒木裕一郎、神楽坂の神尾道場から同朋町の路地奥の音吉って始末屋の家に寄ってから来ましたよ」

新八は報せた。

「始末屋の音吉……」

太市は眉をひそめた。

「ええ……」

「そうか。若い家来は中村藩江戸中屋敷詰めの虎之介だ」

「中村藩江戸中屋敷詰めの虎之介……」

新八は眉をひそめた。

「ああ。陸奥国で殿さまは相馬《そうま》さまだ」

太市は告げた。

「相馬さま……」

「うん。新八、何を話しているか探ってくるか……」

「そいつが太市さん、同朋町の裏路地でばったり顔を逢わせましてね。ちょいと喋《しゃべ》っちまったんですよ」

新八は、顔を知られたかもしれないのだ。

「そうか。じゃあ、俺が潜り込むか……」

太市は笑い、新八を残して一膳飯屋の暖簾を潜った。

四

「いらっしゃい……」

太市は、一膳飯屋の老亭主に迎えられた。

「おう。邪魔するよ……」

太市は、素早く店内を見廻し、奥にいる黒木裕一郎と虎之介の衝立《ついたて》越しの隣に座った。

「親父さん、浅蜊のぶっ掛け飯を頼むよ」

太市は注文した。

「へい……」

老亭主は頷き、板場に入って行った。

太市は、衝立越しに裕一郎と虎之介の話に聞き耳を立てた。

「して裕一郎、音吉なる始末屋は何と……」

虎之介は尋ねた。

「うむ。虎之介の義理の兄上、中村藩江戸目付の柴崎采女《しばさきうねめ》どのを斬ったのは、おそらく始末屋の島影兵庫《しまかげひょうご》と云う浪人だろうと……」

「始末屋の島影兵庫……」

虎之介は眉をひそめた。

「うん……」

裕一郎は、汁を掛けた丼飯を搔き込みながら頷いた。

「して、その島影兵庫、今は何処にいるのだ」

虎之介は、身を乗り出した。

「詳しい居場所は分からないが、いつもは湯島天神や神田明神の盛り場にいるらしい」

裕一郎は告げた。

「そうか……」

「よし。腹拵えが終わったら、湯島天神と神田明神の門前町の盛り場を調べてみるぞ」

裕一郎は、張り切った。

「お待ちどおさま……」

老亭主が浅蜊のぶっ掛け飯を太市に持って来た。

「おう……」

太市は、浅蜊のぶっ掛け飯を食べ始めた。

黒木裕一郎と虎之介は、中村藩江戸目付の柴崎采女を斬った始末屋の島影兵庫を捜している……。

太市は、黒木裕一郎と中村藩家臣虎之介が何をしているのか、漸《ようや》く知った。


夕暮れ刻が近付いた。

始末屋の島影兵庫は、湯島天神や神田明神にはいなかった。

島影兵庫は何処にいる……。

黒木裕一郎と虎之介は、島影兵庫を捜し廻った。だが、島影兵庫は何処にもいなかった。

裕一郎と虎之介は、その日の探索を打ち切り、それぞれの家に帰って行った。

太市と新八は、南町奉行所の久蔵の許に急いだ。

太市と新八は、南町奉行所に駆け込み、陸奥国中村藩江戸目付の柴崎采女殺害に就いて報せた。

「よし。ちょいと待っていろ……」

久蔵は、太市と新八を用部屋に待たせて出て行った。

久蔵は、年番方《ねんばんがた》与力など奉行所の古手で情報通の者たちに訊き廻った。

「分かったぜ……」

久蔵は、用部屋に戻って来た。

「はい……」

太市と新八は、居住まいを正した。

「三か月前、中村藩江戸目付の柴崎采女は家中勘定方の不正を秘かに調べていて、何者かの闇討ちに遭って殺された」

中村藩江戸家老は、柴崎采女の妻の弟の中原《なかはら》虎之介に一件の探索と仇討《あだう》ちを命じた。

「だが、中原虎之介は、名前と大違いで剣の腕はからっきしだそうだ」

久蔵は苦笑した。

「それで、友の黒木裕一郎に助太刀を頼みましたか……」

太市は読んだ。

「うむ。きっとな……」

久蔵は頷いた。

「で、三か月前、柴崎采女さんを斬った者は、始末屋の島影兵庫だった訳ですか……」

新八は眉をひそめた。

「ああ。裕一郎が伝手《つて》を辿って音吉に調べて貰ったのだろう」

久蔵は睨んだ。

「中村藩江戸目付の柴崎采女を斬ったのが始末屋の島影兵庫なら、我らも黙っていられぬ。新八、柳橋に、明日の朝、南町奉行所に来るように報せてくれ」

「心得ました。では……」

新八は、久蔵と太市に会釈をして用部屋から立ち去った。

「旦那さま、それなら何故、黒木裕一郎は三枝さまのお屋敷の前をうろつき、様子を窺ったりしているんですかね」

太市は首を捻った。

「さあて、その辺の事は、裕一郎本人に訊いてみないと分からないかな……」

久蔵は笑った。

陽は暮れ、小者たちが奉行所内の燭台に油を足し、火を灯し始めた。

翌日、岡っ引の柳橋の幸吉と下っ引の勇次が駆け付けて来た。

久蔵は、用部屋に和馬を呼び、三か月前の中村藩江戸目付の柴崎采女闇討ちが島影兵庫と云う始末屋の仕業らしいと告げ、島影兵庫を捜すように命じた。

和馬と幸吉は、由松と清吉も呼んで島影兵庫捜しを始めた。

太市と新八は、黒木裕一郎を見張り続けた。

「秋山さま……」

小者が、用部屋の庭先にやって来た。

「おう。なんだい……」

「柳橋の雲海坊さんがお見えです」

「おお。通してくれ」

久蔵は、濡れ縁に出た。

雲海坊は古い饅頭笠を手にし、庭先に入って来て久蔵の前に控えた。

「黒木かよの居場所、分かったかい……」

久蔵は尋ねた。

「はい。漸く……」

雲海坊は苦笑した。

「何処で何をしていた」

「下谷広小路、上野元黒門町《うえのもとくろもんちょう》にある呉服屋越乃屋《こしのや》の不忍池の畔の寮で若い娘たちに組紐や飾結び作りを教えていました」

雲海坊は告げた。

「呉服屋越乃屋の不忍池の寮か……」

呉服屋『越乃屋』と云えば、江戸でも指折りの老舗《しにせ》であり、京橋や四谷にも出店を構えている大店だった。

黒木かよは、呉服屋『越乃屋』に雇われて組紐や飾結びを作り、若い娘たちに作り方を教えているのだ。

久蔵は読んだ。

「どうします」

「行ってみよう。案内を頼む……」

久蔵は命じた。

神楽坂の直心影流神尾道場からは、二人の門弟の気合と木刀の打ち合う音が響いていた。

太市と新八は、二人の門弟に稽古を付けている黒木裕一郎を見張った。中原虎之介は腕に覚えがないだけに、一人で島影兵庫を捜して捕まえる事はない。

太市と新八は、黒木裕一郎を見張った。

昼過ぎ、黒木裕一郎は動いた。

太市と新八は尾行た。

下谷広小路、上野元黒門町の呉服屋『越乃屋』は、老舗らしく大名旗本家御用達の金看板を幾枚も掲げ、客で賑わっていた。

着流しの久蔵は、塗笠《ぬりがさ》を上げて呉服屋『越乃屋』を眺めた。

「繁盛しているな……」

「ええ……」

久蔵と雲海坊は、下谷広小路の賑わいを不忍池に向かった。

不忍池は煌めいた。

雲海坊は、不忍池の畔を進み、小さな料理屋のような構えの寮の前に佇んだ。

「此処です……」

雲海坊は、呉服屋『越乃屋』の寮を示した。

久蔵は、呉服屋『越乃屋』の寮を眺めた。

数人の娘が大年増のお内儀さんに見送られ、呉服屋『越乃屋』の寮の木戸門から出て来た。

「それでは失礼します」

「気を付けて帰るんですよ」

数人の娘は、大年増のお内儀さんと挨拶を交わして帰って行った。

大年増のお内儀は見送った。

久蔵は、塗笠をあげて娘たちを見送る大年増を見守った。

大年増のお内儀は、久蔵の視線を感じたのか、小さな会釈をして寮に戻ろうとした。

面影がある……。

「おかよ……」

久蔵は呼び止めた。

「えっ……」

大年増のお内儀は、戸惑いを浮かべて久蔵を振り返った。

「やはり、おかよか。俺だ、三枝兵衛の友の秋山久蔵だ」

久蔵は笑い掛けた。

「秋山久蔵さま……」

大年増のお内儀は、久蔵を見詰めて呆然と呟いた。

「うむ……」

久蔵は頷いた。

久蔵とおかよは、不忍池の畔に佇んだ。

「そうですか、三枝兵衛さまは心の臓の病なんですか……」

おかよは眉をひそめた。

「うむ。して、黒木裕一郎なる若い浪人が三枝屋敷の前をうろついていてな……」

久蔵は告げた。

「裕一郎が……」

おかよは、久蔵を驚いたように見詰めた。

「うむ。おかよ、裕一郎は母親と三枝兵衛の拘りを知っているのか……」

「いいえ。私は一切、何も話しておりません」

「ならば、知らぬか……」

「はい……」

「だが、調べれば分かる事だ」

「ですが、三枝兵衛さまは母親が大昔に奉公したお屋敷の若さま。それだけの事にございます」

おかよは、久蔵を見詰めて告げた。

「そうか。だが、裕一郎はそうは思っていないのかもしれない」

「いいえ。裕一郎は黒木左内の子、倅にございます」

「おかよ。裕一郎は月足らずで生まれたそうだな」

「秋山さま。月足らずは月足らず。それだけの事にございます。裕一郎は黒木左内の倅にございます。では、失礼いたします」

おかよは、毅《き》然《ぜん》たる態度で云い放ち、久蔵に会釈をして呉服屋『越乃屋』の寮に入って行った。

久蔵は見送った。

「中々しっかりした方ですね」

雲海坊は、近付いて来た。

「うむ。雲海坊はどう見る……」

「おかよさんの話に間違いはないかと。ですが、裕一郎は万が一はと思っているのかも……」

雲海坊は読んだ。

「そうかもしれぬな……」

久蔵は眉をひそめた。


由松と清吉は、湯島天神に島影兵庫を捜し歩いた。

神田同朋町の始末屋音吉が、島影兵庫が中村藩江戸目付を斬ったと裏渡世の者たちに言い触らしていると云いながら……。

それを知った島影兵庫は、音吉の許に現れる筈だ。

由松と清吉は、新八から聞いた同朋町の路地奥の音吉の家を見張った。

音吉の家には、新八が締め上げた銀次が出入りしていた。

黒木裕一郎は、神田明神の境内の茶店で中原虎之介と落ち合い、盛り場に島影兵庫を捜し廻った。

太市と新八は見張った。

「何、音吉は島影兵庫が中村藩の江戸目付を斬ったと言い触らしているのか……」

虎之介は驚いた。

「うん。地廻りの三下に島影兵庫を知らぬかと訊いたら、ああ、中村藩江戸目付を斬った奴かと逆に尋ねて来てな……」

裕一郎は、戸惑いを浮べた。

「そうか、じゃあ島影兵庫、音吉の家に現れるかもしれないな」

「ああ。虎之介、湯島天神は男坂の下の同朋町だ。行くぞ……」

裕一郎と虎之介は、湯島天神男坂に走った。

太市と新八は追った。

博奕打ちの銀次は、大柄な総髪の浪人に追い立てられて同朋町の狭い路地に入って来た。

「島影の旦那、勘弁して下さいよ」

銀次は泣きを入れた。

「煩い。黙って音吉の処に案内しろ」

島影は、銀次を蹴り飛ばした。

銀次は、半泣きで狭い路地を進んだ。

島影は続いた。


由松と清吉は、路地の奥の音吉の家を見張った。

「由松さん……」

清吉が囁いた。

黒木裕一郎と中原虎之介が現れ、音吉の家とその周りを窺った。

騒ぎがあった様子はない……。

裕一郎と虎之介は、物陰に隠れた。

「どうやら、あの二人も島影兵庫がやって来るのを待つつもりだ……」

由松は苦笑した。

「ええ……」

清吉は頷いた。

僅かな刻が過ぎた。

銀次が、一方の路地から転がるようにやって来た。

大柄な総髪の浪人が、銀次に続いて現れた。

由松と清吉は緊張した。

「由松さん……」

「ああ。あの浪人が島影兵庫だ」

由松は見定めた。

「此の家か……」

島影兵庫は、路地奥の家を見据えた。

「ええ……」

銀次は頷いた。

島影は、路地奥の家の腰高障子を開け、咄嗟に跳び退いた。

路地奥の家の中から和馬と幸吉が出て来た。

島影は怯《ひる》んだ。

「島影兵庫、お前に中村藩江戸目付の柴崎采女を斬れと頼んだのは誰だ……」

和馬は怒鳴った。

「おのれ……」

島影は、身を翻して逃げようとした。

黒木裕一郎と中原虎之介が現れ、行く手を塞いだ。

由松、清吉、太市、新八が現れ、素早く取り囲んだ。

「退け……」

島影は、裕一郎と虎之介に斬り掛かった。

裕一郎は、抜き打ちの一刀を放った。

島影の腕が斬られ、血を飛ばして刀を落とした。

「今だ。虎之介……」

裕一郎は叫んだ。

「お、おう……」

虎之介は、喉を鳴らし、必死の面持ちで刀を抜いた。

「そこ迄だ」

和馬は怒鳴った。

裕一郎と虎之介は立ち止まった。

由松、新八、清吉が、島影に襲い掛かって容赦なく殴り蹴った。そして、押さえ込んで捕り縄を打った。

「中原虎之介どの、島影兵庫を斬った処で金で頼んだ者を突き止めぬ限り、義兄上の本当の仇討ちにはならぬ」

和馬は笑った。

「は、はい。裕一郎……」

虎之介は、申し訳なさそうに裕一郎を見た。

「いや、虎之介、お役人の云う通りだ」

裕一郎は苦笑した。

「新八、中にお縄にした音吉がいる。島影と一緒に大番屋に引き立てろ」

幸吉は命じた。

久蔵は、島影兵庫を厳しく責めた。

島影兵庫は、中村藩勘定奉行に江戸目付の柴崎采女を斬れと二十五両で頼まれた事を白状した。

久蔵は、島影兵庫や音吉を始末屋として死罪に処し、真相を中村藩江戸家老に報せた。

中村藩江戸家老は怒り、勘定奉行を捕えて中原虎之介に尋常の仇討ちを命じた。

久蔵は、立会人を頼まれて引き受けた。

虎之介は、友の黒木裕一郎に助太刀を頼んで無事に本懐を遂げた。

「見事な、助太刀だ……」

久蔵は、裕一郎を褒めた。

「は、はい……」

裕一郎は戸惑い、照れた。

「私は南町奉行所吟味方与力秋山久蔵、赤坂田町に住む旗本三枝兵衛の友だ……」

久蔵は、裕一郎に笑い掛けた。

「三枝兵衛さまの友……」

裕一郎は、久蔵を見詰めた。

「うむ。若い頃から学問所や剣術道場に一緒に通った仲だ……」

「じゃあ、三枝屋敷に奉公していた……」

「おかよなら知っているぞ……」

「そうですか。おかよは私の母です」

裕一郎は、嬉し気に頷いた。

「そうか……」

「で、虎之介のいる中村藩江戸中屋敷が三枝屋敷の近くでしてね。行き帰りに三枝さまの屋敷の前を通って、三枝兵衛さまと出くわすのを願いましたが、その願い、叶いませんでした……」

裕一郎は笑った。

「そうか……」

「はい。秋山さま、もし三枝さまにお逢いになる事があったら、おかよの倅の黒木裕一郎が宜しく云っていたとお伝え下さい」

「そいつは自分で云ったらどうかな……」

久蔵は笑い掛けた。

「秋山さま、それには及びません」

「心の臓の病に倒れ、病の床に就いている三枝兵衛が逢いたいと申してもか……」

「三枝さまが病の床……」

裕一郎は眉をひそめた。

「うむ……」

「それはお気の毒に。ですが、私は素浪人の黒木左内とかよの倅。それで充分です」

裕一郎は、笑みを浮かべて云い切った。

「そうか良く分かった……」

久蔵は笑った。

「黒木裕一郎、良い若者のようだな……」

「ああ。両親の育て方が良かったのだろう」

三枝兵衛と久蔵は、寝間の前の庭を眺めた。

久蔵は、裕一郎が月足らずで生まれた事を三枝兵衛に告げなかった。

微風が吹き抜け、庭には木洩れ日が揺れていた。

第三話

いじめ

一

昌平坂《しょうへいざか》学問所は神田川沿いにあり、旗本御家人などの子弟が通っていた。

未《ひつじ》の刻八つ（午後二時）が過ぎた。

秋山久蔵の嫡男大助《だいすけ》は、授業を終えて友の村山京一郎《むらやまきょういちろう》と馬鹿話をしながら神田川沿いを昌平橋に進んだ。

「では、又、明日な……」

「おう……」

村山京一郎は、三味線堀《しゃみせんぼり》近くに屋敷のある旗本の倅であり、大助とは昌平橋の北詰で別れた。

腹が減った。

明日から弁当の握り飯を大きくして貰うか、もう一個増やして貰うか……。

大助は、神田川に架かっている昌平橋を渡り、八つ小路に進んだ。

若い男の小さな悲鳴が短く上がった。

大助は、悲鳴の上がった淡路坂《あわじざか》を見た。

派手な半纏を着た三人の若い遊び人が、お店の若い手代を押さえ付け、懐から巾着袋《きんちゃくぶくろ》を奪い取っていた。

「止めて、止めて下さい……」

若い手代は、必死に頼んだ。

「煩せえ。金は此れだけだな……」

三人の若い遊び人の兄貴分の男が、薄笑いを浮かべた。

刹那、残る二人の若い遊び人が、若い手代を殴り蹴った。

「何をしている」

大助は怒鳴った。

三人の若い遊び人は、一斉に昌平橋に逃げた。

大助は、倒れている若い手代に駆け寄った。

「おい。大丈夫か……」

「掛取り金を、掛取り金を奪われました」

若い手代は、殴られて痣《あざ》の出来た顔を歪めて必死に立ち上がり、三人の若い遊び人を追った。

「おい。待て……」

大助は、慌てて追った。


若い手代は、三人の若い遊び人を追って昌平橋を渡った。

大助は続いた。

三人の若い遊び人は、明神下の通りから神田明神に向かっていた。

若い手代は、必死の面持ちで追った。

大助は、背後から並んだ。

「掛取り金、幾ら奪われたんだ」

大助は、同じ年頃の若い手代に尋ねた。

「十両です」

「十両……」

「はい。漸く手代になって初めての掛取りなんです。それなのに……」

若い手代は、半泣きで三人の若い遊び人を追った。

掛取り金を脅し取られたとなると、若い手代の店での立場が悪くなるのだろう。

大助は読んだ。

「そうか……」

大助は、若い手代に同情した。

「はい……」

「お前、名前は……」

「直吉《なおきち》です」

「直吉か、俺は秋山大助だ……」

「秋山大助さま……」

「ああ。手伝うぞ」

大助は、神田明神の境内に入った三人の若い遊び人を猛然と追った。

「あっ……」

直吉は、慌てて大助に続いた。

神田明神境内は参拝客で賑わっていた。

大助と直吉は、神田明神の鳥居を潜って境内に駆け込み、辺りに三人の若い遊び人を捜した。

本殿前や境内に、三人の若い遊び人の姿はなかった。

「いない……」

直吉は、声を引き攣《つ》らせた。

「慌てるな……」

大助は、茶店、宝物殿、神輿蔵《みこしぐら》などの裏を検めた。

三人の若い遊び人は、神輿蔵の裏にいた。

「いたぞ……」

大助は、直吉を呼んだ。

三人の若い遊び人が、神輿蔵の裏で直吉から奪い取った十両の金を分けていた。

「よし……」

大助は、茶店の軒下から手頃な薪《まき》を抜いて握り締め、神輿蔵の裏に忍び寄った。

「あっ……」

若い遊び人の一人が、大助と直吉に気が付いた。

「おのれ、強盗……」

大助は、猛然と薪で殴り掛かった。

三人の若い遊び人は逃げた。

大助は、地を蹴って若い遊び人の一人に飛び掛かり、薪を唸らせた。

若い遊び人は、薪で頭を殴られて昏倒した。

残るは二人……。

大助は、薪を握り締めて追った。


二人の若い遊び人は、境内に逃げた。

「待て……」

大助と直吉は追った。

二人の若い遊び人は、境内の人混みの中を左右に別れて逃げた。

「くそ……」

大助は、腹立たし気に吐き棄てた。

「大助さま……」

「よし。殴り倒した奴を締め上げよう」

大助は、神輿蔵の裏に駆け戻った。

神輿蔵の裏には、若い遊び人が倒れていた。

大助と直吉は、倒れている若い遊び人に駆け寄った。

若い遊び人は、気を失っていた。

大助は、若い遊び人の懐から巾着を取り出し、中から三両の小判と僅かな文銭を摑みだした。

「三両だ……」

「他には、他にはありませんか……」

直吉は、若い遊び人の着物を開け、懐を検めた。

他には、薄汚れた手拭いしかなかった。

「よし……」

大助は、気を失っている若い遊び人に活を入れた。

若い遊び人は苦しく呻き、気を取り戻した。

大助は、若い遊び人を押さえ付け、素早く腕を捻り上げた。

「うっ、何しやがる……」

若い遊び人は、顔を醜《みにく》く歪めながら凄んだ。

「名前は……」

大助は、捻り上げた腕に力を込めた。

若い遊び人は、激痛に声を洩らした。

「名は何だ……」

「六助《ろくすけ》……」

若い遊び人は、苦し気に告げた。

「巫山戯《ふざけ》るな……」

大助は、若い遊び人の頬を張り飛ばした。

「本当だ。六番目に生まれた男だから六助だ」

「成る程。それで六助か……」

大助は苦笑した。

「六助、残る七両は、後の二人が持っているんですね」

「ああ……」

「後の二人は誰です。何処に逃げたんです」

直吉は、声を震わせた。

「そうだ。逃げた二人の名前は、逃げた先は何処だ……」

大助は、六助の腕を尚も捻り上げた。

六助は激痛に顔を歪め、苦しく呻いた。

「云え、六助……」

「し、知らねえ……」

「惚ける気か……」

大助は苦笑し、六助の捻り上げた腕の手を掴み、小柄《こづか》を抜いた。

「な、何をしやがる……」

六助は、恐怖に嗄《しゃが》れ声を震わせた。

「云う迄、手の指の爪を剝いでくれる……」

大助は、嘲りを浮かべて小柄の鋒《きつさき》を六助の手の指の爪に差し込んだ。

「や、止めろ……」

六助は震えた。

「逃げた二人は誰だ……」

大助は、震える六助を押さえ付けた。

「止めてくれ……」

「云え……」

「い、猪吉《いのきち》と喜八《きはち》だ……」

六助は、震える声で告げた。

「猪吉と喜八……」

大助は眉をひそめた。

「ああ……」

「何処にいる……」

「きっと、湯島天神鳥居前の一膳飯屋だ」

六助は項垂れた。

「湯島天神鳥居前の一膳飯屋……」

「ああ……」

「大助さま……」

「うん……」

大助は、刀の下緒《さげお》で六助を縛って引き摺り立たせた。

大助は、縛りあげた六助を茶店の裏の木に縛り付けた。そして、茶店の亭主に使いを頼んだ。

「柳橋の幸吉親分に報せてくれ……」

「柳橋の親分さんに……」

「ああ。強盗の片割れの六助だと、大助が云っていたとな……」

大助は頼んだ。

「は、はい……」

亭主は頷いた。

「じゃあ、宜しく頼みます。行くぞ、直吉……」

大助は、直吉と湯島天神に急いだ。


大助と直吉は、明神下の通りから中坂に走った。そして、中坂を上がり、北に曲がると湯島天神大鳥居の前に出る。

大鳥居の前には、土産物屋、甘味処、一膳飯屋、蕎麦屋などが並んでいた。

大助は、一膳飯屋の前で立ち止まった。

直吉が続いた。

「此処ですね……」

直吉は、一膳飯屋を見据えて喉を鳴らした。

「うん……」

大助は頷き、一膳飯屋の中の様子を窺った。

「いますか……」

直吉は、不安そうに尋ねた。

一膳飯屋の中には何人かの客がいるが、猪吉と喜八がいるかどうかは分からなかった。

「分からないな……」

大助は、首を横に振った。

「どうします……」

直吉は、大助の出方を窺った。

「よし。俺が踏み込む。直吉は此処にいろ」

「はい……」

直吉は、喉を鳴らして頷いた。

「よし。じゃあ……」

大助は、一膳飯屋の暖簾を潜った。

「いらっしゃいませ……」

一膳飯屋の亭主は、大助を迎えた。

大助は、店で飯を食べている客を素早く見廻した。

客は、参拝者の他に職人や行商人たちがいたが、遊び人の猪吉と喜八はいなかった。

「御亭主、遊び人の猪吉や喜八は来ませんでしたか……」

大助は、亭主に尋ねた。

「猪吉と喜八……」

「はい……」

「さあて、今日は未だ来ちゃあいないな」

「来ちゃあいない……」

大助は眉をひそめた。

「ああ……」

「そうですか、来ちゃあいませんか……」

「猪吉と喜八、又、何かしたのかい……」

　亭主は苦笑した。

「え、ええ。猪吉と喜八、此処に来なかったら、何処に行くかな……」

　大助は尋ねた。

「さあて、近頃は湯島天神女坂を下りた処に出来た蕎麦屋かもしれないな」

「女坂を下りた処の蕎麦屋……」

　大助は眉をひそめた。

「ああ。祖父さんと年頃の孫娘がやっている蕎麦屋で、近頃は孫娘目当ての客が多いって話だよ」

　一膳飯屋の亭主は告げた。

「そうですか、邪魔をしました」

　大助は、一膳飯屋を出た。

「大助さま……」

　直吉が駆け寄った。

「猪吉と喜八は来ちゃあいない……」

大助は報せた。

「来ちゃあいない……」

直吉は落胆した。

「うん……」

「ひょっとしたら、女坂の下の蕎麦屋かもしれないそうだが……」

「行ってみます」

直吉は、藁《わら》にも縋《すが》る思いで湯島天神の鳥居に走った。

「お、おい……」

大助は、慌てて続いた。


岡っ引の柳橋の幸吉は、下っ引の勇次と新八を従えて神田明神の茶店にやって来た。

茶店の亭主は、幸吉、勇次、新八を裏手に誘った。

茶店の裏には、縛られた遊び人の六助が庭木に繋がれていた。

「此奴ですかい……」

幸吉は、六助を見据えた。

「はい。強盗の片割れの六助だと、大助が云っていたと……」

茶店の亭主は、幸吉に告げた。

「その大助さん、年の頃は十六、七歳。前髪立てで身の丈は五尺二寸ぐらいかな」

勇次は訊いた。

「は、はい……」

亭主は頷いた。

「親分。大助さまに間違いありませんね」

勇次は告げた。

「ああ。新八。刀の下緒を解き、六助に捕り縄を打ちな……」

幸吉は命じた。

新八は返事をし、素早く捕り縄を打った。

「さあて六助、手前、強盗を働いたそうだな」

幸吉は、六助を見据えた。

「そんな。剣術自慢の訳の分からねえ前髪の餓鬼《がき》が抜かしているだけだ」

「何だと……」

「あの前髪の餓鬼、逃げた仲間の行方を云わねえと、手の指の爪を一枚ずつ剝がすと脅しやがって……」

六助は、腹立たし気に吐き棄てた。

「本当に剝がされなくて良かったな、六助……」

幸吉は苦笑した。

「えっ……」

六助は、戸惑いを浮べた。

「その前髪の餓鬼、父親は剃刀《かみそり》久蔵さまだぜ」

「ええっ……」

六助は、秋山久蔵の恐ろしさを知っているらしく、恐怖に突き上げられた。

「で、六助、逃げた仲間と何処の誰から幾ら奪ったのか、詳しく教えて貰おうか……」

幸吉は、六助を厳しく見据えた。

湯島天神女坂の下、切通町に蕎麦屋はあった。

大助と直吉は、湯島天神の東の鳥居を出て女坂の下を眺めた。

女坂の下に切通町があり、小さな蕎麦屋があった。

「あの蕎麦屋ですか……」

直吉は、喉を鳴らして女坂を下りた。

「落ち着け、直吉……」

大助は、直吉に続いた。


小さな蕎麦屋に客はいなく、片襷《かただすき》に前掛けの若い女が手持無沙汰な様子でいた。

「大助さま……」

「うん。猪吉と喜八を知っているか、訊いてみよう」

「はい……」

「邪魔をする……」

大助は、腰高障子を開けて蕎麦屋に入った。

「いらっしゃいませ……」

若い女は、科《しな》を作って大助と直吉を迎えた。

「ちょいと訊きたい事があるんだが……」

「な、何ですか……」

若い女は、大助と直吉が客ではないと気が付き、眉をひそめた。

「うん。猪吉と喜八って遊び人、知っているかな……」

大助は訊いた。

「猪吉さんに喜八さんですか……」

「うん。知っているのか……」

「ええ。時々お見えになりますから……」

「今日は……」

「未だですよ」

「じゃあ、此れから来るのかな……」

「さあ……」

若い女は首を捻った。

「あの。猪吉と喜八、何処に住んでいるか御存知ですか……」

直吉は尋ねた。

「御存知ですかって、猪吉さんは知らないけど、喜八さんは根津《ねづ》権現《ごんげん》前の宮永町《みやながちょう》にある権現《ごんげん》長屋だって聞いた事がありますよ」

若い女は告げた。

「喜八は権現長屋……」

大助は念を押した。

「ええ。一度、遊びに来ないかって誘われた事がありましてね」

若い女は、嘲りを浮かべた。

「そうか。直吉、宮永町の権現長屋だ」

「はい……」

「邪魔をしたな……」

大助と直吉は、若い女に礼を云って小さな蕎麦屋から駆け出した。

南町奉行所定町廻《じょうまちまわ》り同心の神崎和馬は、迎えに来た清吉に誘われてやって来た。

和馬と清吉は、茶店の裏に廻った。

茶店の裏には、幸吉が縛り上げた六助といた。

「おう。柳橋の……」

「御苦労さまです。和馬の旦那……」

幸吉は迎えた。

「強盗だって……」

和馬は、六助を見据えた。

「ええ。此の六助の他に猪吉と喜八ってのが、若い手代を襲い、掛取り金の十両を奪ったんですが、大助さまが通り掛かり、六助を捕え、金を奪われた手代と猪吉と喜八を追っているそうです」

「大助さまが……」

和馬は眉をひそめた。

「ええ。で、勇次と新八に追わせました」

「そうか。六助、運が悪かったな……」

和馬は、六助に笑い掛けた。

二

「前髪立ちのお侍と若いお店者ですか……」

湯島天神鳥居前の一膳飯屋の亭主は、駆け付けた勇次と新八に微かな緊張を滲ませた。

「ええ。来た筈ですが……」

勇次は尋ねた。

「ああ。猪吉と喜八って遊び人を捜して来ましたよ」

「それで、どうしました……」

「猪吉と喜八、うちには来ていませんでしてね。女坂の向こうの切通町の蕎麦屋じゃあないかと教えてやりましたよ」

亭主は告げた。

「蕎麦屋……」

新八は、訊き返した。

「ええ。だから、前髪立ちのお侍と若いお店者、蕎麦屋に行ったんじゃあないかな……」

亭主は読んだ。

「そうですか。お邪魔をしましたね」

勇次は礼を云い、新八と女坂に向かって湯島天神に急いだ。

不忍池は煌めいていた。

大助と直吉は、不忍池の畔を根津権現門前の宮永町に向かった。

宮永町の権現長屋……。

そこに、直吉から金を奪った三人の遊び人の一人、喜八の家がある。

大助と直吉は急いだ。


大助と直吉は、宮永町の自身番に駆け込んだ。

「何か用かい……」

宮永町の自身番の店番は、訪れた大助と直吉を胡散臭そうに見た。

「権現長屋は何処ですか……」

大助は尋ねた。

「権現長屋……」

「ええ。何処にありますか……」

大助は急いだ。

「何の用ですかい……」

店番は、大助に笑い掛けた。

家主と番人は茶を啜り、苦笑しながら見守った。

「それより、権現長屋は何処ですか……」

大助は苛立った。

「お侍、名前は……」

店番は、前髪立ちの大助を侮《あなど》った。

「おのれ。年若と侮り、その方は何と申す」

大助は、怒りを滲ませた。

「えっ……」

店番は、思わず怯んだ。

「その方の名前だ」

大助は、店番を鋭く見据えた。

「わ、私は竹松《たけまつ》です。お侍は……」

店番は、訊き返した。

「私は秋山大助。南町奉行所吟味方与力秋山久蔵の倅だ」

「えっ。あ、秋山さまの……」

店番、家主、番人は驚いた。

「竹松、権現長屋は何処だ」

大助は、怒りを露《あら》わに店番の竹松を睨み付けた。


権現長屋は宮永町の外れ、掘割の流れの奥にあった。

大助と直吉は、自身番に聞いた道筋をやって来た。

「此処だな……」

大助は、古い木戸の長屋を窺った。

長屋の井戸端に誰もいなく、赤ん坊の泣き声が響いていた。

「奥の家でしたね……」

直吉は、連なる家々を眺めて喉を鳴らした。

「ああ。よし……」

大助は頷き、奥の家に向かった。

直吉が続いた。

大助は、奥の家の腰高障子に手を伸ばした。

刹那、奥の家の腰高障子が開いた。

「わあ……」

腰高障子を開けようとした大助と開けた喜八は、顔を突き合わせて互いに激しく驚いた。

「強盗……」

直吉は、喜八を見て叫んだ。

喜八は、慌てて家の中に戻り、腰高障子を閉めた。

「おのれ、喜八……」

大助は怒鳴り、閉められた腰高障子を蹴り破って家に踏み込んだ。

喜八は、腰高障子と一緒に倒れ込んだ。

「喜八……」

大助は、這《は》いずって逃げようとする喜八に飛び掛かった。

「此の強盗野郎……」

大助は、喜八を殴って蹴り飛ばした。

喜八は、鼻血を飛ばしながら大助の手を逃れ、匕首を抜いた。

大助は構えた。

「糞《くそ》、ぶち殺してやる」

喜八は、大助に殺意に満ちた眼を向けた。

「馬鹿野郎……」

大助は、土間にあった手桶で喜八を殴り飛ばした。

喜八は、壁に激しく叩き付けられた。

土壁が崩れた。

大助は、喜八から匕首を奪い取った。

直吉は、殴り飛ばされてぐったりしている喜八の懐から財布を取り出した。そして、中から三両の小判を取り出した。

「幾らあった……」

「三両です……」

直吉は、声を震わせた。

六助と喜八は、三両ずつ持っていた。

都合六両……。

「残りの四両、残りの四両は……」

直吉は、喜八に訊いた。

「猪吉の分け前なんだな……」

大助は読んだ。

「ああ。猪吉の兄貴が持ち込んで来た話だからな……」

喜八は、腹立たし気に告げた。

「猪吉は何処だ。何処にいる……」

大助は怒鳴った。

「し、知るか……」

喜八は、顔を背けた。

刹那、大助は喜八を張り飛ばした。

喜八は、畳に這い蹲《つくば》った。

「喜八、此のまま息の根を止めて何処かの寺の墓場にこっそり埋めてやってもいいんだぜ」

大助は、笑顔で囁いた。

「知らねえ。本当に知らねえんだ。勘弁してくれ」

喜八は、半泣きで命乞いをした。

「喜八……」

大助は、喜八に馬乗りになり、その手を畳に押し付けた。

そして、小柄を抜き、鋒を喜八の押し付けた手の指の爪の間に入れた。

「云う迄、指の爪を一枚ずつ剝いでやる」

大助は、楽しそうに笑った。

前髪立ちにしては、云う事と遣る事が玄人染みている。

喜八は、大助に得体の知れぬ不気味さを感じた。

「止めろ。止めてくれ……」

「猪吉は何処だ……」

大助は、笑い掛けた。

「賭場だ。夜、谷中《やなか》の賭場に来る手筈だ」

喜八は吐いた。

「何処の寺だ……」

「光蓮寺《こうれんじ》って寺の賭場だ……」

喜八は、息を弾ませて告げた。

「谷中の光蓮寺か、嘘偽りはないな」

大助は念を押した。

「ああ……」

喜八は頷いた。

「よし。直吉、喜八を縛り上げる縄を探して来てくれ」

大助は、直吉に頼んだ。

「は、はい……」

直吉は頷き、出て行こうとした。

「それには及びませんぜ」

勇次と新八が入って来た。

「勇次さん、新八さん……」

大助は、勇次と新八を見て喜んだ。

「そいつが、強盗の片割れの喜八ですかい……」

勇次は、喜八を一瞥《いちべつ》して大助に笑い掛けた。

「ええ。良く来てくれました」

「いいえ。女坂の下の蕎麦屋の女が喜八の家に向かったと、教えてくれましてね」

「そうでしたか……」

「新八……」

勇次は、新八を促した。

「承知。喜八、神妙にしな……」

新八は、喜八を押さえ付けて素早く捕り縄を打った。

「で、大助さま、こちらは……」

勇次は、直吉を示した。

「猪吉、喜八、六助に襲われ、掛取り金の十両を奪い取られた手代の直吉だ」

大助は報せた。

「直吉さん、お前さん、何処のお店かな」

勇次は訊いた。

「はい。神田鍛冶町の仏具屋念珠堂《ねんじゅどう》の手代の直吉にございます」

直吉は、己の素性を告げた。

「で、今日は掛取りに出て、襲われたんだね」

勇次は、事情を聞き始めた。

「はい。番頭さんに初めて掛取りに行けと命じられて、太田《おおた》姫《ひめ》稲荷前のお旗本堀《ほっ》田内蔵助《たくらのすけ》さまのお屋敷に伺い、御用人さまから掛取り金の十両を受取り、淡路坂を下りて来たら……」

直吉は、恐ろしそうに顔を歪めた。

「猪吉、喜八、六助に襲われた……」

　勇次は読んだ。

「はい。その通りです。で、殴り蹴られて掛取り金の十両を奪われて、大助さまにお助け戴き、六助と喜八から六両は取り戻しまして、残る四両は猪吉が……」

　直吉は、大助を窺った。

「猪吉は今晩、谷中の光蓮寺って寺の賭場に現れるそうです」

　大助は報せた。

「そうですか。良く分かりました。後はあっしたちが引き受けます。大助さまと直吉は此れ迄です」

　勇次は笑った。

「ですが、勇次さん、猪吉の顔を知っているのは、俺と直吉です。俺と直吉がいないと……」

　大助は眉をひそめた。

「大丈夫です。大助さま、あっしたちにお任せ下さい」

「勇次さん……」

「此れ以上の深入りは、秋山さまのお許しが入り用かと……」

勇次は告げた。

「父上の……」

大助は、我に返った。

「はい。直吉さんを助けて六助と喜八を捕え、六両を取り戻しただけでも大手柄です。後は直吉さんに付き添って念珠堂に行き、直吉さんの為、旦那と番頭さんに仔細《しさい》を話してやるんですね」

勇次は勧めた。

「そうか。直吉……」

大助は、直吉を振り返った。

「大助さま、お陰様で強盗二人をお縄にして六両、取り戻しました。賭場で猪吉をお縄にするのは親分さんたちにお任せして、店に戻ろうと思います」

直吉は、大助に告げた。

「そうか。じゃあ勇次さん、俺は直吉に付き添います」

大助は頷いた。

「はい。じゃあ新八、喜八の野郎を大番屋に引き立てろ」

勇次は、新八に命じた。

「承知……」

新八は、御縄にした喜八を引き立てた。

「大変だったな、直吉。後は勇次さんたちに任せて帰ろう……」

大助は、直吉に笑い掛けた。


日本橋の通りは多くの人が行き交っていた。

神田鍛冶町の仏具屋『念珠堂』は、掛取りに出掛けて帰らない手代の直吉を気にし始めていた。

番頭の徳兵衛《とくべえ》は、手の空いている奉公人を直吉捜しに走らせた。

神田鍛冶町の仏具屋『念珠堂』は、淡路坂太田姫稲荷前の堀田内蔵助の屋敷と遠くはない。

仏具屋『念珠堂』の奉公人たちは、店と淡路坂の堀田屋敷の間を行き交った。

だが、堀田家から掛取り金を受取った後の直吉の消息は、杳《よう》として摑めなかった。

直吉は、掛取り金の十両を持って逃げたのか、それとも掛取り金の十両を狙う何者かに襲われたのか……。

旦那の道悦《どうえつ》と番頭の徳兵衛は、沈痛な面持ちとなり、奉公人たちは囁き合った。

持ち逃げだぜ……。

古手の手代の佐助《さすけ》は、苦笑した。

仏具屋『念珠堂』の雰囲気は、次第に暗く落ち込み始めた。

「只今、戻りました……」

直吉が、仏具屋『念珠堂』に帰って来た。

番頭の徳兵衛と奉公人たちは、一斉に直吉を見た。

直吉は、帳場にいる番頭の徳兵衛の許に急いだ。

大助が続いた。

奉公人たちは、仕事の手を止めて直吉と大助を見守った。

「直吉……」

番頭の徳兵衛は、直吉を見詰めた。

「遅くなって申し訳ありません。堀田さまのお屋敷で掛取り金の十両を受取り、淡路坂を下って来たら、三人の男たちに襲われて、掛取り金の十両を奪い取られてしまいました」

直吉は、悔し気に告げた。

「襲われ、奪われた……」

徳兵衛は驚いた。

「はい……」

直吉は頷いた。

「本当なのですか、直吉……」

徳兵衛は、白髪眉をひそめた。

「はい。それで掛取り金を奪われ、殴り倒された処、此方の秋山大助さまにお助け頂きまして……」

直吉は、大助を引き合わせた。

「秋山大助です……」

「それはそれは、直吉を、お助け下さったそうで……」

徳兵衛は、微かな戸惑いを過らせた。

「偶々《たまたま》通り合わせましてね。直吉が奪われた金を必死に取り戻そうとしていたので、助太刀《すけだち》をした迄です」

大助は告げた。

「それで、大助さまと逃げた強盗を追い掛けて二人を捕え、六両を取り戻して来ました」

直吉は、六両の金を徳兵衛の前に差し出した。

「取り戻したって、直吉、お前……」

徳兵衛は、六両の小判を見詰めた。

「番頭さん、直吉の言葉に間違いはない……」

大助は頷いた。

「そうですか……」

「残りの四両は、今晩、岡っ引の柳橋の親分さんたちが取り戻してくれるそうです」

直吉は告げた。

「そうか。御苦労だったね」

番頭の徳兵衛は頷いた。

「秋山さま、直吉がいろいろお世話になりました。些少《さしょう》ではございますが、お礼にございます」

徳兵衛は、一朱銀を紙に包んで大助に握らせた。

佐助たち手代は、囁き合いながら大助を見送った。

大助は見送り、一朱銀の紙包を帳場に置いて仏具屋『念珠堂』を後にした。

直吉は、大助に深々と頭を下げて番頭の徳兵衛の後に付いて行った。

「は、はい。では、大助さま、本当に助かりました。本当にありがとうございました」

徳兵衛は、主の道悦のいる奥に一緒に来るように直吉を促した。

「さあ、直吉、旦那さまに……」

大助は戸惑った。

「えっ……」


日本橋の通りは、仕事仕舞いをして家路を急ぐ人々で賑っていた。

仏具屋『念珠堂』から出て来た大助は、大きく背伸びをした。

「腹が減った。よし……」

大助は、猛然と八丁堀岡崎町の秋山屋敷に走った。


「それで、その秋山大助って若侍と六両の金を取り戻しましたか……」

仏具屋『念珠堂』主の道悦は、直吉に念を押した。

「はい。大助さまが六郎や喜八を殴り、蹴り飛ばして……」

「番頭さん。その秋山大助さんは……」

「お礼のお金を渡し、引き取って戴きました」

「お屋敷が何処か、分かりますね」

「えっ。いえ、お屋敷は……」

徳兵衛は戸惑った。

「あの、大助さまのお屋敷は八丁堀です」

直吉は告げた。

「八丁堀……」

道悦は眉をひそめた。

「はい。大助さまは、南町奉行所吟味方与力の秋山久蔵さまの御子息にございます」

直吉は告げた。

「秋山久蔵さまの御子息……」

道悦は驚いた。

番頭の徳兵衛は、呆然として言葉を失った。

八丁堀岡崎町の秋山屋敷は夕陽に照らされ、太市が表門前の掃除をしていた。

「太市さん……」

大助が、駆け寄って来た。

「やあ。お帰りなさい」

太市は、大助を迎えた。

「腹減った……」

大助は、よろめきながら表門を潜った。

「お帰りなさい、大助さま……」

前庭の縁台に与平が腰掛け、大助を手招きしていた。

「やあ。与平の爺ちゃん、只今、帰りました」

大助は、与平に挨拶をした。

「ええ。さあ、大助さま、おやつをどうぞ……」

与平は、縁台に布巾を掛けた皿を置いた。

「おっ。何かな……」

大助は、皿に掛けられた布巾を取った。

皿には、大きな塩結びがあった。

「ありがたい。爺ちゃん、頂きます」

大助は、嬉し気に塩結びを食べ始めた。

「ああ。大助さまは賢い、賢い……」

与平は、眼を皺《しわ》のように細めて塩結びを食べる大助を見守った。

「随分、遅かったですね。何かあったんですか……」

太市は眉をひそめた。

「ええ。そりゃあもう、いろいろと……」

大助は、塩結びを食べながら笑った。

三

南茅場町《みなみかやばちょう》の大番屋は、日本橋川鎧《よろい》ノ渡《わたし》の近くにあった。

大番屋の詮議場は冷ややかであり、血と汗の臭いが薄く漂っていた。

和馬と幸吉は、捕えた喜八を詮議場に引き据えた。

「それで喜八、掛取りの直吉を襲って金を奪おうと云い出したのは、兄貴分の猪吉なんだな……」

和馬は尋ねた。

「はい……」

喜八は頷いた。

「じゃあ喜八。猪吉は直吉と知り合いだったのかな……」

幸吉は、首を捻った。

「いえ。知り合いなんかじゃありませんよ」

喜八は眉をひそめた。

「そうだな。知り合いに強盗を仕掛ける奴は滅多にいないか……」

幸吉は苦笑した。

「して、奪った掛取り金の十両を三人で山分けしたか……」

和馬は訊いた。

「ええ。俺と六助は三両ずつ、猪吉の兄貴は四両です」

「そいつは、猪吉が持って来た一件だからか……」

和馬は読んだ。

「ええ……」

喜八は頷いた。

「ま、猪吉がどうして直吉が掛取りに出掛けるを知ったのかは、猪吉を御縄にして訊けば分かる事だ」

和馬は苦笑した。

「ええ。じゃあ、和馬の旦那。そろそろ……」

幸吉は促した。

「うん……」

和馬は、大番屋の下役人を呼んで喜八を仮牢に戻し、幸吉と共に谷中の光蓮寺に向かった。


燭台の火は揺れた。

久蔵は、大助を座敷に呼び、和馬から報せのあった一件の仔細を訊いた。

太市は、障子の脇に控えて大助の話を聞いていた。

「して、直吉を念珠堂に送り、屋敷に帰って来たか……」

久蔵は念を押した。

「はい……」

大助は頷いた。

「それにしても、直吉なる念珠堂の手代の掛取り金を取り返そうとする一念、中々なものだな……」

久蔵は感心した。

「はい。で、直吉が一人で強盗を追い掛けようとしたので、危ないと思い、つい一緒に……」

大助は、強盗を追跡した理由を告げた。

「うむ。良く手伝ってやったな」

久蔵は、大助を誉めた。

「は、はい……」

大助は、安堵を浮かべた。

「良かったですね、大助さま……」

太市は笑った。

「ええ……」

大助は頷いた。

戌《いぬ》の刻五つ（午後八時）を報せる寺の鐘が、夜空に響いた。

「戌の刻五つか……」

久蔵は眉をひそめた。

「はい。谷中光蓮寺の賭場、熱くなるのは此れからですか……」

太市は読んだ。

「うむ。猪吉なる者が現れるのも此れからだろうな」

「おそらく……」

「よし、太市、大助を伴って、急ぎ谷中の光蓮寺に赴き、和馬と柳橋の首尾を見届けろ」

久蔵は命じた。

「心得ました。大助さま……」

太市は、大助を促した。

「はい……」

太市と大助は、谷中光蓮寺に急いだ。

久蔵は見送った。

「仏具屋念珠堂か……」

久蔵は、厳しさを過らせた。


谷中の寺の連なりは、夜の闇と静けさに沈んでいた。

谷中光蓮寺の賭場は裏庭の家作にあり、客たちは裏門から出入りをしていた。

和馬と幸吉は、賭場に勇次と由松を送り込み、新八に繋ぎを取らせて遊び人の猪吉が現れるのを待った。

一刻（二時間）程が過ぎた。

和馬と幸吉は、光蓮寺裏門を見通せる隣の寺の裏門脇に潜み続けた。

「和馬の旦那……」

幸吉は、光蓮寺の裏門にやって来る二人の男に気が付いた。

「どうした……」

「太市と大助さまですぜ」

幸吉は告げ、隣の寺の裏門脇から太市と大助に声を掛けた。

「あっ……」

太市と大助は、幸吉と和馬に気が付いて隣の寺の裏門脇に入って来た。

「どうした、太市……」

和馬は尋ねた。

「旦那さまに首尾を見届けて来いと……」

「そうか……」

「未だ来ないんですか、猪吉……」

大助は眉をひそめた。

「ええ。らしい野郎は未だ……」

幸吉は頷いた。

「よし。大助さま、柳橋や太市と賭場に入り、猪吉が潜んでいるかどうか見定めて来て下さい……」

和馬は勧めた。

「心得ました」

大助は、張り切って頷いた。

連なる燭台の火は、賭場の熱気に小刻みに揺れていた。

盆茣蓙を囲む客の中には由松がおり、勇次が次の間で酒を啜っていた。

幸吉、太市、大助は、勇次のいる次の間に進んだ。

「猪吉らしい野郎、現れませんね」

勇次は眉をひそめた。

大助は、賭場を見廻した。

賭場を囲む客たちの中には、遊び人の猪吉はいなかった。

「勇次さんの云う通り、猪吉はいませんね」

大助は眉をひそめた。

「そうですか……」

太市は頷いた。

「よし……」

幸吉は、引き続いて勇次と由松を賭場に残し、大助と太市を連れて出て行った。

賭場の熱気は、刻が過ぎても衰える事はなかった。

幸吉、大助、太市は、隣の寺の裏門脇にいる和馬の許に戻った。

「猪吉、潜り込んでいなかったか……」

和馬は眉をひそめた。

「はい……」

幸吉は頷いた。

「よし。引き続き、見張るしかないな」

和馬は決めた。

「ええ……」

「大助さま、太市、今暫く付き合って貰いますよ」

和馬は苦笑した。

「はい……」

大助は、張り切って頷いた。


刻は過ぎた。

丑《うし》の刻八つ(午前二時)になった。

賭場を訪れる客は、途絶え始めた。

「猪吉、どうも現れないようだな」

和馬は眉をひそめた。

「ええ。猪吉、六助や喜八がお縄になったと知り、身を隠したのかもしれません」

幸吉は読んだ。

「うん。よし。今夜の見張りは、此れ迄としよう。柳橋の、由松や勇次を引き上げさせろ」

和馬は決めた。

「はい。新八……」

幸吉は、勇次と由松に報せるように新八を走らせた。

「太市、聞いての通りだ。大助さまと引き取ってくれ」

「心得ました」

太市は頷いた。

「くそ、猪吉の奴……」

大助は、悔しさを露わにした。

遊び人の猪吉の行方は分からなかった。

幸吉は、勇次と清吉に盛り場を探させ、由松と新八に裏渡世に噂を追わせた。

だが、猪吉が浮かび上がる事はなかった。

「大助さまと直吉は、六助と喜八を追跡してお縄にした。そして、我らが後を受けて猪吉を追っているが、行方も摑めず、お縄にも出来ずか……」

和馬は苦笑した。

「ええ。猪吉の野郎、何処に潜り込んでいるのか……」

幸吉は眉をひそめた。

勇次と清吉、由松と新八は、遊び人の猪吉を追い続けた。


「秋山さま……」

用部屋の戸口に当番同心が現れた。

「何だ……」

久蔵は、書類を読みながら応じた。

「神田鍛冶町の仏具屋念珠堂の主の道悦がお目通りを願っておりますが……」

当番同心は告げた。

「念珠堂の道悦……」

久蔵は眉をひそめた。

「はい……」

「何用だ……」

「はい。店の者が御子息にお世話になったので、お礼にと……」

「世話をしたのが倅なら、私が礼を受ける謂《いわ》れはない……」

「は、はい……」

当番同心は、微かな戸惑いを過らせた。

大助は、元服前の年若だが、人として当たり前の事をした。だが、仏具屋『念珠堂』の主や番頭は、相手を前髪立ちの若侍と侮った。そして、後刻、若侍の父親が町奉行所の与力だと知り、慌てて挨拶に来たのだ。

久蔵は読んだ。

「私は御用繁多。引き取って戴け……」

久蔵は苦笑した。

「は、はい。心得ました。では……」

当番同心は引き取った。

「念珠堂か……」

久蔵は、読んでいた書類を置いて墨を摺り始めた。

大助が助けた直吉は、手代の見習いを終えて初めて掛取りを命じられた。

そして、太田姫稲荷前の旗本堀田屋敷での掛取りを終え、淡路坂を下って来た処で猪吉、喜八、六助に襲われ、金を奪われた。

そこだ……。

久蔵は、何か引っ掛かるものを感じた。

猪吉、喜八、六助は、直吉の初めての掛取りをどうして知ったのか……。

知っている者は、おそらく掛取りを命じた番頭と店の僅かな者……。

直吉が初めて掛取りに行く事実は、その辺りの者から猪吉に伝わったのかもしれない。

久蔵は読んだ。

だとすると……。

久蔵は、小者を秋山屋敷に走らせた。


神田鍛冶町の仏具屋『念珠堂』は、格式の高い老舗らしく静かな繁盛をしていた。

「旦那さまのお帰りです」

手代の直吉が、風呂敷包みを抱えて帰って来て先触れをした。

旦那の道悦は、憮然《ぶぜん》とした面持ちで入って来た。

「お帰りなさいませ」

番頭の徳兵衛たちが迎えた。

「うむ……」

「如何《いかが》にございました……」

徳兵衛は、道悦に緊張した眼を向けた。

「世話をしたのは倅、父親の自分が礼を云われる謂れはないと、お逢いしては頂けませんでしたよ」

道悦は、力なく言い残し、重い足取りで奥に入って行った。

「そうですか……」

徳兵衛は項垂れた。

奉公人たちは顔を見合わせ、店内は沈鬱《ちんうつ》さに満ちた。

「番頭さん。秋山さまへの御遣い物にございます」

直吉は、抱えていた風呂敷包みを徳兵衛に差し出した。

「ああ……」

徳兵衛は頷いた。

直吉は、風呂敷包みを置いて帳場を離れようとした。

「あ、直吉……」

徳兵衛は、直吉を呼び止めた。

「は、はい……」

「お前、此れから八丁堀の秋山さまのお屋敷に行き、大助さまに昨日の礼を述べ、呉々も宜しくお伝えしておいで……」

徳兵衛は、直吉に命じた。

「えっ。私が大助さまのお屋敷に……」

直吉は戸惑った。

「ああ。呉々も宜しくお伝えするんですよ」

「は、はい……」

直吉は頷いた。

「それで、もしも秋山さまの御機嫌が直れば、お前の出世は間違いないからね」

徳兵衛は、直吉に告げた。

「は、はい……」

直吉は、戸惑いを過らせた。

古手の手代の佐助は、嘲りを含んだ眼で直吉を見詰めていた。

仏具屋『念珠堂』から直吉が現れ、吐息を洩らして通りを日本橋に向かった。

大助と太市は、久蔵の報せを受け、向かい側の路地から仏具屋『念珠堂』の見張りに就いていた。

「太市さん、直吉が出掛けます。追います」

大助は、路地を出て直吉を尾行ようとした。

「待ってください……」

太市は、大助を止めた。

「えっ……」

大助は戸惑った。

仏具屋『念珠堂』の隣の店の前にいた半纏を着た若い男が、それとなく直吉に続いた。

「あいつ……」

大助は眉を顰《ひそ》めた。

「ええ。ひょっとしたら直吉を追っているのかも……」

太市は頷き、直吉の後を行く半纏を着た若い男に続いた。

半纏を着た若い男は、直吉の後ろ姿を窺いながら進んでいた。

「太市さん……」

大助は、喉を鳴らした。

「ええ。直吉を尾行ているのに間違いありませんね」

太市は眉をひそめた。

「猪吉の仲間ですかね」

大助は読んだ。

「さあて。それにしても直吉、何処に行くんですかね」

太市は、半纏を着た若い男の先を行く直吉を眺めた。


直吉は、室町を過ぎて日本橋に進んだ。

大助と太市は追った。

直吉は、日本橋を渡って高札場の前を抜けて楓川《もみじがわ》に向かった。

「太市さん……」

大助は、楓川に架かっている海賊橋《かいぞくばし》を渡って行く直吉を見詰めた。

「ええ。直吉、ひょっとしたら大助さまに逢いに行くのかもしれませんね」

太市は読んだ。

「はい。で、そいつを半纏の奴に知られて良いんですかね」

大助は心配した。

「ええ。じゃあ、あっしが半纏の奴を足止めします。大助さまは此のまま直吉を尾行て下さい」

太市は決めた。

「心得ました」

大助は頷いた。

「じゃあ……」

太市は、直吉を尾行る半纏を着た若い男に駆け寄った。

「おう、ちょいと待ちな……」

太市は、半纏を着た若い男を呼び止めた。

「えっ……」

半纏を着た若い男は、怪訝な面持ちで立ち止まった。

大助が軒下を走り、直吉を追った。

太市は、見届けて半纏を着た若い男に近付いた。

半纏を着た若い男は、微かな怯えを滲ませて後退《あとずさ》りをした。

「お前さん、遊び人の猪吉を知っているな」

太市は、鎌を掛けた。

「えっ……」

半纏を着た若い男は狼狽えた。

猪吉を知っている……。

太市は、思わぬ成り行きに僅かに戸惑った。

「猪吉……」

「ああ。今、何処にいる……」

太市は、半纏を着た若い男に迫った。

半纏を着た若い男は身を翻した。

「待て……」

太市は追った。

半纏を着た若い男は、南茅場町に逃げた。

よし……。

太市は、路地に駆け込んだ。

半纏を着た若い男は、薬師堂、山王御旅所《さんのうおたびしょ》に隠れて太市が追って来ないのを見定めた。

岡っ引の手先か……。

半纏を着た若い男は息を整え、直吉を尾行るのを諦めた。そして、油断なく辺りを窺いながら来た道を戻り始めた。

太市が、路地から現れた。

さあ、猪吉の処に案内するんだ……。

太市は、半纏を着た若い男を尾行始めた。


八丁堀岡崎町には、物売りの声が長閑に響いていた。

直吉は、連なる組屋敷を眺めながらやって来た。

秋山屋敷を探している……。

大助は読んだ。

直吉は、擦れ違った小者に何事かを尋ねた。

小者は、振り返って秋山屋敷を指差した。

直吉は、礼を述べて秋山屋敷に近付いた。

大助は見守った。

四

秋山屋敷は表門を閉め、静けさに覆われていた。

直吉は、閉じられている表門を見上げた。

「やあ。直吉じゃあないか……」

「えっ……」

直吉は振り返った。

大助が、笑みを浮かべて佇んでいた。

八丁堀は、江戸湊《えどみなと》から楓川迄の流れを八丁に渡って開鑿《かいさく》し、艀《はしけ》を行き交わせる為の掘割だった。

大助と直吉は、八丁堀に架かっている中ノ橋に佇んだ。

「そうか。旦那の道悦と南町奉行所に行ったのか……」

大助は苦笑した。

「はい。ですが、秋山さまは、倅のした事で父親に礼は無用だと、お逢いして頂けませんでした」

直吉は項垂れた。

「そうか。父上らしいな……」

大助は苦笑した。

「秋山さまらしい……」

直吉は、大助に怪訝な眼を向けた。

「ああ。それより直吉、お前、恨まれちゃあいないか……」

大助は訊いた。

「恨まれている……」

直吉は戸惑った。

「うん。身に覚えはないかな」

「大助さま。私は恨まれているというより、苛められているのです」

直吉は、思わぬ事を云い出した。

「苛められている……」

大助は驚いた。

「はい。古手の手代や朋輩《ほうばい》に……」

直吉は、哀しそうに顔を歪めた。

「直吉……」

大助は、戸惑いを滲ませた。

八丁堀には艀が行き交った。


半纏を着た若い男は、楓川に架かっている海賊橋を渡り、日本橋川に架かっている江戸橋に進んだ。

太市は追った。

半纏を着た若い男は、西堀留川の荒布橋《あらめばし》から照降町《てりふりちょう》を抜け、東堀留川の親父橋《おやじばし》に出た。そして、葭町《よしちょう》から浜町堀に向かった。

太市は尾行た。

浜町堀には猪牙舟《ちょきぶね》の櫓《ろ》の軋みが響いていた。

半纏を着た若い男は、浜町堀沿いの道を元浜町に向かった。

何処に行く……。

太市は追った。

半纏を着た若い男は、元浜町の裏通りに進んだ。そして、裏通りにある裏長屋の木戸を潜った。

太市は木戸に走り、裏長屋を覗いた。

半纏を着た若い男は、裏長屋の奥の家の腰高障子を叩いていた。

太市は見守った。

半纏を着た若い男は、返事がないのか尚も腰高障子を叩いて呼び掛けた。そして、戸惑いを浮かべて腰高障子を開けた。

腰高障子は心張棒《しんばりぼう》が掛けられていなく、直ぐに開いた。

半纏を着た若い男は、奥の家に入って腰高障子を閉めた。

太市は、木戸から奥の家に駆け寄り、腰高障子から中を覗こうとした。

次の瞬間、腰高障子が開き、半纏を着た若い男が血相を変えて飛び出して来た。

太市は、咄嗟に戸口にあった手桶で半纏を着た若い男の顔を殴った。

手桶はばらばらに飛び散り、半纏を着た若い男は鼻血を飛ばして倒れた。

太市は、倒れた半纏を着た若い男が気を失っているのを見定め、家の中に踏み込んだ。

家の中は薄暗く、粗末な蒲団に若い男が横たわっていた。

太市は、横たわっている若い男を眺めた。

若い男の胸には匕首が突き刺さり、血が広がっていた。

殺されている……。

太市は、若い男の死を見定めて外に出た。そして、半纏を着た若い男に素早く捕り縄を打ち、井戸の水を浴びせた。

半纏を着た若い男は、呻いて気を取り戻した。

「手前、名前は……」

「う、梅次《うめじ》……」

半纏を着た若い男は、梅次と名乗った。

「梅次、中で殺されているのは誰だ」

太市は尋ねた。

「い、猪吉の兄貴です」

梅次は、嗄れ声を震わせた。

「何だと、猪吉だと……」

太市は驚いた。

「はい……」

「猪吉……」

太市は、家の中で殺されている猪吉の死体を見詰めた。

遊び人の猪吉が殺された……。

太市は、自身番の番人と木戸番を南町奉行所と柳橋の船宿『笹舟《ささぶね》』に走らせた。

和馬、幸吉、勇次、由松、新八、清吉が元浜町の裏長屋に集まって来た。

太市は、梅次を尾行て来て猪吉の死体に出くわした事を告げた。

「梅次は、今朝方、猪吉に呼ばれて念珠堂の直吉を見張れと命じられたそうです」

太市は告げた。

「ならば、猪吉は梅次にそう命じた後、何者かに殺されたか……」

和馬は読んだ。

「ええ。今、勇次が新八や清吉と梅次の他に猪吉の家を訪れた者がいないか、調べています……」

幸吉は告げた。

「それにしても旦那、親分。猪吉は喜八や六助の兄貴分で直吉の掛取り強奪を企んだ奴です。そいつが誰にどうして……」

由松は眉をひそめた。

「直吉が恨んでの仕業かもしれぬが、どうやって猪吉の此処を突き止めたのか……」

和馬は読んだ。

「それに直吉は今、大助さまが見張っている筈です」

太市は告げた。

「そうか……」

和馬は眉をひそめた。

「直吉が恨みの果てに殺ったんじゃあないとなると……」

「誰がどうして……」

「旦那さまの話では、猪吉はどうやって直吉の掛取りを知ったか……」

太市は告げた。

「成る程。よし、柳橋の。猪吉はどうやって直吉の掛取りを知ったのか、もう一度、喜八と六助を締め上げてみるか……」

和馬は眉をひそめた。


「えっ。猪吉が殺された……」

大助は驚いた。

「ええ。何者かに胸を一突きにされて……」

太市は告げた。

「じゃあ、猪吉が直吉の掛取りをどうして知ったのかは……」

大助は眉をひそめた。

「ええ。分らず仕舞いです」

太市は、悔し気に告げた。

「そうですか……」

「で、大助さま。直吉は……」

「はい。念珠堂の旦那さまと父上にお礼を云いに南町に行ったそうですが、逢って貰えず。秋山屋敷の様子を窺いに来たそうです」

「そうでしたか……」

「ええ……」

「念珠堂の旦那と番頭は、大助さまの扱いで、旦那さまの怒りを買ったと思っているんでしょう」

太市は苦笑した。

「念珠堂の旦那と番頭、父上の事を良く知らないようですね」

大助は笑った。

「ええ……」

「ま、奉公人の間に苛めがあると、気が付かない旦那と番頭ですからね……」

大助は、苛立たしさを滲ませた。

「奉公人たちの間に苛め……」

太市は眉をひそめた。

「ええ……」

大助は頷いた。

「大助さま、念珠堂の奉公人たちの間の苛め、直吉にも拘わりがあるんですか……」

「はい。それはもう……」

大助は頷いた。

「じゃあ大助さま、此れから旦那さまの処に行きましょう」

太市は、大助を促した。


「そうか、苛めか……」

久蔵は眉をひそめた。

「はい。大助さま……」

太市は促した。

「はい。手代になったばかりの直吉は、古手の手代や朋輩にいろいろ嫌がらせをされ、苛められているそうです」

大助は告げた。

「直吉がそう云っているのか……」

久蔵は尋ねた。

「はい……」

大助は頷いた。

「旦那さま……」

「うむ。直吉の掛取りの邪魔をする。そいつも苛めの一つか……」

久蔵は読んだ。

「はい。そして、その苛めに大助さまが拘り、六助や喜八が捕えられ……」

「事態は大きくなり、只の苛めじゃあ済まなくなった……」

久蔵は睨んだ。

「きっと……」

太市は頷いた。

「大助、直吉を苛めている古手の手代ってのは誰だ」

「佐助と云う名の手代だそうです」

大助は告げた。

「よし。太市、和馬と柳橋を呼べ……」

久蔵は命じた。

仏具屋『念珠堂』は、いつもと変わらぬ商売をしていた。

和馬と幸吉は、久蔵の命を受けて『念珠堂』を監視下に置いた。

新八と清吉は、直吉や佐助たち手代を見張り、勇次は小僧、下男、女中たちに秘かに訊き込みを掛けた。

「えっ。直吉さんですか……」

下男は、戸惑いを浮かべた。

「ええ。手代仲間に苛められていると聞いたけど、どうなんですかね」

勇次は、下男を見詰めた。

「えっ。ええ、まあ……」

下男は、俯《うつむ》き加減で頷いた。

「苛めているのは、古手の手代の佐助だと聞いたけど……」

勇次は、声を潜めた。

「酷いもんですよ、番頭さんの指図を直吉さんだけに教えなかったり、仲間外れにしたり、ですが、直吉さんはそれにもめげず、頑張っていますよ」

下男は、直吉に同情した。

「そいつは、凄いや……」

勇次は感心した。

「ええ……」

「で、佐助なんだが、奉公人仲間以外じゃあ、どんな奴と付き合っているのかな」

勇次は尋ねた。

「さあ。良く分かりませんが、佐助さんは念珠堂に奉公する迄は、仲間を集めていろいろ悪さをしていたようですよ」

下男は眉をひそめた。

「いろいろ悪さをねえ……」

勇次は頷いた。

「ええ。餓鬼の癖に仲間を集めて賽子遊びをしたり、地廻りや遊び人の使いっ走りなんかをしていたとか……」

由松は、佐助の生家のある本所《ほんじょ》回向院《えこういん》裏一帯の地廻りに聞き込みを掛けて来た。

「ほう。佐助、そんな餓鬼だったのかい……」

幸吉は眉をひそめた。

「はい……」

由松は頷いた。

「それにしても、老舗の念珠堂がそんな餓鬼をよく雇ったたな」

和馬は首を捻った。

老舗や大店、武家などに奉公するには、身許を保証する請け人が必要であり、大家や寺の住職などがなった。

「和馬の旦那、近頃は金さえ積めば幾らでも請け人になる寺の住職もいますよ」

幸吉は、腹立たし気に告げた。

「そうか……」

「で、佐助が餓鬼の頃の悪仲間に猪吉の野郎がいたそうですぜ」

由松は報せた。

「佐助と猪吉、繋がったか……」

和馬は頷いた。

「ええ……」

由松は苦笑した。

「和馬の旦那。佐助の奴、猪吉がお縄になって、直吉掛取りの話が自分から出たと知れるのを恐れ、先手を打って殺し、口を封じたのかも……」

幸吉は読んだ。

「うむ。そんな処だろうな」

和馬は頷いた。

「で、どうします……」

幸吉は、和馬に出方を窺った。

「よし。猪吉が殺された時の佐助の動きを勇次たちに調べさせろ」

和馬は命じた。

「承知……」

幸吉は頷いた。


夜。

仏具屋『念珠堂』は寝静まっていた。

勝手口に続く路地の闇が揺れ、手代の佐助が出て来た。

佐助は、慎重に辺りを窺い、寝静まった町を両国広小路に向かった。

「夜更けに何処に行くんだい……」

夜の闇から和馬の声がした。

佐助は凍て付《い》いた。

和馬と幸吉が、闇を揺らして現れた。

佐助は怯み、後退りをした。

由松、勇次、新八、清吉が現れ、素早く佐吉を取り囲んだ。

「手代の佐助だね……」

和馬は笑い掛けた。

「は、はい……」

佐助は、喉を引き攣らせて頷いた。

「佐助、お前、猪吉が殺された時、何処にいたのだ……」

和馬は、佐助を鋭く見据えた。

「そ、それは……」

佐助は口籠った。

「番頭の徳兵衛の云い付けで、浜町河岸の旗本屋敷に線香や蠟燭《ろうそく》を届けに行ったのは分っているんだよ」

和馬は苦笑した。

「元浜町にある猪吉の住む長屋は、念珠堂から旗本屋敷に行く通り道だね」

幸吉は、佐助を厳しく見据えた。

「猪吉殺しは、行き掛けの駄賃って奴かな」

和馬は読んだ。

次の瞬間、佐助は匕首を抜いて構えた。

「馬鹿野郎……」

勇次が、十手で殴り掛かった。

佐助は、仰け反って後退りをした。

由松が角手を嵌めた手で、佐助の匕首を握る腕を鷲掴《わしづか》みにした。

角手の爪が血を飛ばした。

佐助は、悲鳴を上げて匕首を落とした。

新八と清吉が襲い掛かり、容赦なく殴り蹴って押し倒し、捕り縄を打った。

佐助の啜り泣きが、夜の闇に洩れた。

久蔵は、仏具屋『念珠堂』手代直吉掛取り強盗の一件を、佐助の企みで猪吉、喜八、六助によって行われたと断定した。

佐助は、只の苛めだと主張した。

「佐助、お前がどう云おうが、やった事が強盗や人殺しになったのは事実、只の苛めじゃあ済まない。人としての責をしっかり取って貰うぜ」

久蔵は、佐助を死罪に処し、主の道悦と番頭の徳兵衛を江戸払いにした。そして、仏具屋『念珠堂』を三十日の戸締《とじめ》刑に処した。

〝戸締刑〟とは、武士の逼塞《ひっそく》に相当する刑罰であり、釘で門戸を打ち付ける。商家にとっては痛手を被る刑である。

久蔵は、主一家や直吉たち奉公人の為に仏具屋『念仏堂』を闕所にはしなかった。

愚かな若者の苛めと云う行為は強盗や殺人事件となり、直吉や大助たち多くの者を巻き込み翻弄した。

いじめか……。

久蔵は、腹立たしさを覚えずにはいられなかった。

第四話
手討ち

一

暮六つ（午後六時）。

月番の南町奉行所の表門は閉められた。

吟味方与力秋山久蔵は、迎えに来た下男の太市を供に外濠に架かっている数寄《す　き》屋橋《や ばし》御門を渡った。

夕陽は沈み、辺りは大禍時《おおまがとき》に覆われた。

久蔵と太市は、大禍時の堀端を京橋川に架かる比丘尼橋《びくにばし》に進んだ。

比丘尼橋の袂の薄暗さが僅かに揺れた。

久蔵は立ち止まった。

殺気か……。

太市は、緊張に突き上げられた。

久蔵は、僅かに揺れた薄暗さを見据えた。

薄暗さに背の高い侍の姿が浮かび、揺れながら消え去った。

「旦那さま……」

太市は戸惑った。

「うむ。微かな殺気を放って消えた」

久蔵は眉をひそめた。

「やはり……」

「何者かは分らぬが、秋山久蔵と知っての殺気やもしれぬ……」

久蔵は読んだ。

「ならば、手前が先にお屋敷に……」

太市は、緊張を過らせた。

「そうしてくれるか……」

久蔵は頷いた。

「はい。じゃあ……」

太市は、久蔵に会釈をして比丘尼橋の手前を曲がり、京橋に向かって走り出した。

久蔵は見送り、大禍時の町を油断なく進み始めた。

京橋から弾正橋《だんじょうばし》、そして八丁堀沿いの道を走り、本八丁堀一丁目で曲がって岡崎町に向かった。

秋山屋敷に変わった事はないか……。

太市は走った。

大禍時は夜の闇に変わった。

八丁堀岡崎町の秋山屋敷は、表門を閉めて静寂に覆われていた。

太市は、表門前の様子を窺った。

異変がなければ、不審な者が潜んでいる気配もない……。

太市は、屋敷の周囲も見廻り、やはり不審な事がないのを見定め、裏門から屋敷内に入った。

「あら、お前さん……」

太市の女房おふみは、裏門から勝手口に入って来た亭主の太市に戸惑った。

「おふみ、お屋敷に変わった事はないか……」

太市は尋ねた。

「は、はい。別に……」

おふみは、太市に怪訝な眼を向けた。

「そうか。じゃあ、急いで大助さまを呼んで来てくれ」

太市は告げ、表門脇の門番所に急いだ。

久蔵は、秋山屋敷の表門前の闇を透かし見た。

潜んでいる者の気配も殺気もない……。

久蔵は見定め、表門脇の潜り戸を叩いた。

太市が覗き窓に顔を見せ、潜り戸を開けた。

久蔵は、素早く潜り戸を入った。

「旦那さま……」

太市が迎えた。

「変わった事はなかったようだな」

「はい。お屋敷内と裏手は大助さまが警戒しております」

太市は報せた。

「そうか。御苦労だったな。どうやら取越苦労だったようだ。休んでくれ」

久蔵は、太市を労った。


柳原《やなぎわら》通りの柳並木の枝葉は、夜風に揺れて月明りに煌めいていた。

二人の羽織袴の武士が足早に来て、神田川に架かっている新シ橋に向かった。

新シ橋を渡ると向柳原《むこうやなぎわら》であり、大名旗本屋敷や三味線堀がある。

二人の羽織袴の武士は、新シ橋を渡り始めた。

背の高い浪人が、新シ橋の北詰に現れた。

二人の羽織袴の武士は、微かな緊張を滲ませて顔を見合わせた。

背の高い浪人は、二人の羽織袴の武士など意に介さない様子で新シ橋を渡って来た。

二人の羽織袴の武士は、新シ橋の北詰に進んだ。

背の高い浪人と二人の羽織袴の武士は、新シ橋の中程で擦れ違った。

刹那、背の高い浪人は、抜き打ちの一刀を放った。
二人の羽織袴の武士の一人が、横薙《よこな》ぎに斬られて仰け反った。
背の高い浪人は、返す刀で残る羽織袴の武士を袈裟掛けに斬り下げた。
閃光が瞬いた。
二人の羽織袴の武士は、続けざまに倒れた。
背の高い浪人は、二人の羽織袴の武士の死を見定め、刀を一振りした。
鋒から血が飛んだ。
背の高い浪人は、刀を鞘《さや》に納め、新シ橋を渡って柳原通りを八つ小路に向かった。
新シ橋には、二人の羽織袴の武士の死体が残された。
夜廻りの木戸番が豊島町《としまちよう》から現れ、呆然とした面持ちで背の高い浪人を見送った。

翌朝、南町奉行所定町廻り同心の神崎和馬と岡っ引の柳橋の幸吉たちは、新シ橋に駆け付けた。
斬殺《ざんさつ》された二人の羽織袴の武士の死体は、既に奉公先の旗本屋敷に引き取られていた。

和馬と幸吉は、豊島町の木戸番に二人の旗本家の家来を斬ったのが、背の高い浪人で八つ小路に立ち去ったと聞いた。

旗本家と家来たちは目付の支配であり、町奉行所は支配違いだ。

久蔵や和馬たちに探索権はないが、斬ったのが浪人となれば町奉行所の支配だ。

和馬と幸吉は、神田八つ小路から神田明神、湯島天神に勇次たちを走らせ、背の高い浪人の足取りを探させた。

斬殺された二人の羽織袴の武士は、三味線堀に屋敷のある旗本三千石の大沢頼母《おおさわたのも》家中の小久保新十郎《こくぼしんじゅうろう》と新庄金之助《しんじょうきんのすけ》だった。

「して、小久保新十郎と新庄金之助、何故に殺されたのか、大沢頼母と家中の者共は何と云っているのだ」

久蔵は尋ねた。

「そいつが、町奉行所に話す謂れはないと云いましてね……」

和馬は苦笑した。

「ですが、下男たち奉公人や出入りの米屋や酒屋の者たちに訊くと、仏さんたちは殿さまの大沢頼母さまの近習《きんじゅう》だったそうですよ」

　幸吉は告げた。

「近習……」

　久蔵は、斬殺された二人の家来が殿さまの側近だと知った。

「はい。ひょっとしたら、今度の一件、大沢さまの命で動いての事かもしれませ
ん」

　幸吉は読んだ。

「うむ。大沢頼母、評判はどうなのだ」

　久蔵は、幸吉に笑い掛けた。

「そいつが、良くありません」

　幸吉は、久蔵を見詰めた。

「悪いか……」

「はい。威張る、怒鳴る、貯め込むって奴のようです」

　幸吉は苦笑した。

「そんな殿さまなら、家来も苦労するな」

　久蔵は苦笑した。

「ええ。二人の家来の死は殿さまの大沢頼母と拘わりがあるのかもしれません」

和馬は眉をひそめた。

「うむ。して、柳橋の。背の高い浪人の足取り、勇次たちが探しているんだな」

「はい……」

「よし、ならば和馬、旗本三千石の大沢頼母の身辺、詳しく調べてみろ」

久蔵は命じた。

「心得ました……」

和馬と幸吉は、久蔵に会釈をして用部屋から出て行った。

背の高い浪人か……。

二人の家来を一太刀で斬殺したのは、恐ろしい程の遣い手だ。

久蔵は読んだ。

背の高い浪人……。

久蔵は、大禍時の堀端に現れた背の高い侍を思い出した。

湯島天神の境内は参拝客で賑わっていた。

勇次は、神田明神を縄張りにする地廻りたちに聞き込みを掛けた。だが、背が高く剣の遣い手の浪人を知っている者はいなかった。

勇次は、門前町の蕎麦屋で腹拵えをした。

「勇次の兄貴……」

清吉と新八が入って来た。

「おう……」

勇次は迎えた。

清吉と新八は、店主にそれぞれ蕎麦を頼んで勇次の前に座った。

「で、どうだった……」

「はい。湯島天神の地廻りや博奕打ちたちに訊いたんですがね。今の処、背が高くて凄腕の浪人、知っている者はいませんでした」

清吉は告げた。

「そうか……」

「で、兄貴の方は……」

新八は尋ねた。

「同じだよ……」

「そうですか。で、どうします」

「うん。背の高い浪人が駄目なら、殺された大沢家の二人の家来の方から調べてみようかと思っている」

勇次は告げ、茶を啜った。

「成る程……」

新八は頷いた。

「お待ちどお……」

亭主が蕎麦を持って来た。

新八と清吉は、蕎麦を食べ始めた。


三味線堀には小鳥の囀《さえず》りが響いていた。

旗本大沢頼母の屋敷は、三味線堀の北、出羽国久保田藩《でわのくにくぼたはん》江戸上屋敷の前にあった。

巻羽織《まきばおり》を脱いだ和馬は、元鳥越町《もととりごえちょう》の木戸番から借りて来た釣り竿の糸を三味線堀に垂らし、旗本の大沢屋敷を窺っていた。

大沢屋敷からは、時々家来や奉公人たちが出入りしていた。

托鉢坊主が、大沢屋敷の方からやって来た。

「釣れますかな……」

　托鉢坊主の雲海坊が隣に佇んだ。

「中々……」

「三味線堀の主は、相当に愚かな魚だと、専《もっぱ》らの評判ですよ」

　雲海坊は苦笑した。

「愚かな魚の仔細、分かるかな……」

「何でも、出入りの植木屋の職人が木の上から殿さまの側室の部屋を覗いたとかで、手討ちにしたそうですよ。植木職人が木に登るのは当たり前なのに……」

　雲海坊は、腹立たし気に告げた。

「本当か……」

「ええ。覗いていないと泣いて訴える植木職人を近習たちに押さえ付けさせて……」

「近習たち……」

　和馬は眉をひそめた。

「ええ。近習たちの中には、昨夜斬られた小久保や新庄もいたそうです」

　雲海坊は薄く笑った。

「植木職人、何処の植木屋の者かな」

「浅草《あさくさ》は新鳥越町《しんとりごえちよう》二丁目の外れを西に入った処にある植源《うえげん》の職人だそうです」

雲海坊は告げた。

「新鳥越町の植源か……」

「はい。今、由松が走りました」

「そうか。じゃあ雲海坊、引き続き、その三味線堀の内情と評判、探ってみてくれ」

和馬は命じた。

「承知……」

雲海坊は頷いた。

「三味線堀の主は、相当に愚かな魚か……」

和馬は苦笑した。


「えっ。小久保新十郎さんと新庄金之助さん、来ていたのかい……」

勇次は、神田明神門前町の小料理屋の女将に訊いた。

「ええ。時々ですけど、お仲間の方々と……」

女将は戸惑いを浮かべた。

「此処で酒を飲んでいる時、小久保さんと新庄さん、どんな風でした」

「どんなって……」

女将は、迷いを過らせた。

「何でも良いんだ。教えてくれないかな……」

「殺された人の悪口を云うみたいで嫌なんだけど……」

女将は躊躇った。

「此処だけの話だよ」

勇次は促した。

「良くお殿さまの悪口を云っていましたよ」

女将は囁いた。

「殿さまの悪口……」

「ええ。人でなしの外道で色狂い。血に飢えている大馬鹿者で大沢家も此れ迄だとか……」

女将は眉をひそめた。

「酷いな……」

勇次は苦笑した。

「でも、すまじきものは宮仕、いいなりにするよりあるまいと、笑っていましたよ」

女将は苦笑した。

小久保と新庄は、主の大沢頼母を陰で愚か者扱いをしながらも、御身ご大切で言いなりになっていた。

勇次は知った。

「そうですかい……」

「そう云えば、いつだったか、小久保さまと新庄さまのお帰りを見送った時、浪人さんが追って行きましたよ」

「浪人……」

「ええ……」

「どんな浪人ですかい……」

「背の高い痩せた浪人さんでしたよ」

「背の高い浪人……」

勇次は、漸く手応えを覚えた。

浅草広小路は、金龍山浅草寺《きんりゆうざんせんそうじ》の参拝客や吾妻橋《あづまばし》から本所に渡る人々で賑わっていた。

由松は、浅草広小路から花川戸町《はなかわどちよう》の通りを進み、山谷堀《さんやぼり》を渡って新鳥越町に進んだ。そして、新鳥越町二丁目の辻を西に曲がった。

町家を抜けると緑の田畑が広がり、植木屋『植源』があった。

由松は、様々な庭木が育てられている前庭を抜け、植木屋『植源』を訪れた。

植木屋『植源』の親方や職人たちは仕事に出掛けており、女房子供と隠居がいた。

隠居は、大沢屋敷で職人が手討ちにあった時の元親方だった。

由松は、当時の事情を尋ねた。

元親方の隠居は、当時を思い出して怒りと哀しみを露わにした。

「文吉《ぶんきち》は未だ十八の若い衆であっしの指図で木に登り、枝打ちをしていたんですぜ。そうしたら御殿から女の悲鳴が聞こえて……」

「文吉さん、思わず御殿を見たんですね」

「ああ。そうしたら、大沢の家来たちが文吉が木に登って御殿を覗いたと抜かしやがって……」

隠居は、悔しそうに鼻水を啜った。

「捕えて手討ちにしたんですか……」

由松は眉をひそめた。

「ああ。陸に調べもしねえでな……」

隠居は、怒りに嗄れ声を震わせた。

「酷いな……」

「ああ……」

隠居は、涙を拭って鼻をかんだ。

「処で文吉さんの知り合いに、背の高い浪人はいませんかい……」

由松は訊いた。

「背の高い浪人……」

隠居は白髪眉をひそめた。

「ええ……」

「いないな。そんな知り合いは、うん……」

隠居は、己の言葉に頷いた。

「そうですか。知り合いはいませんか……」

「ああ。それで、儂《わし》も植源を倅に任せて隠居してね……」

隠居は、吐息を洩らした。

「で、その時、御殿で悲鳴を上げた女が殿さまの側室だったんですか……」

由松は尋ねた。

「ああ。側室って云っても、領地の甲州から連れて来た若い女でね。噂じゃあ、嫌がる娘を無理矢理妾にして江戸に連れて来たそうだ」

「領地の甲州から……」

「ああ。地侍《じざむらい》の娘とか云っていたな」

「で、その側室は……」

「文吉に色目を使ったとか云い、やはり手討ちにされたそうだよ。可哀想に……」

「側室も手討ち……」

由松は驚いた。

「ああ、大沢頼母、血も涙もねえ外道だ」

隠居は吐き棄てた。

由松は、植木職人手討ちの被害者は文吉だけではなく、無理矢理側室にされた娘もいると知った。

微風が吹き抜け、庭の様々な植木の枝葉が揺れた。

二

背の高い浪人は、大沢家近習の小久保新十郎と新庄金之助を付け狙っていた。

勇次は、幸吉と和馬に報せた。

背の高い浪人は、小久保と新庄を個人的に狙ったのか、旗本大沢家家中の者だから斬ったのか……。

和馬と幸吉は、引き続き新八と清吉に背の高い浪人の足取りを追わせ、雲海坊と勇次に旗本大沢家の見張りに就かせた。

南町奉行所の用部屋の障子に夕陽は映えた。

「して、大沢頼母に手討ちにされた植木職人の知り合いに背の高い浪人はいなかったか……」

久蔵は念を押した。

「はい。由松が植木屋植源の隠居に聞いた処、手討ちにされた文吉の知り合いに背の高い浪人はいないと……」

幸吉は報せた。

「そうか……」

「それから秋山さま。由松によると、三年前の植木職人文吉手討ちの一件には、他にも手討ちに遭った者がいたそうです」

「何だと……」

「大沢さまの側室、文吉が木に登って覗いたって相手ですがね。大沢さまが文吉に色目を使ったとかで……」

「側室も手討ちにしたのか……」

久蔵は、厳しさを過らせた。

「はい……」

「して、その側室、どのような素姓の者だ……」

「はい。植木屋植源の隠居の話で、仔細は良く分かりませんが、大沢さまの領地のある甲州の地侍の娘だそうでして、大沢さまが無理矢理側室にしたようです」

幸吉は、由松から聞いた話をした。

「甲州の地侍の娘……」

久蔵は眉をひそめた。

「はい……」

「柳橋の……」

「はい。今、和馬の旦那に大沢さまの甲州の領地が何処か調べて貰っています」

「うむ……」

久蔵は、厳しい面持ちで頷いた。

障子に映えていた夕陽は消えた。


三味線堀に月影は揺れた。

武家屋敷街に行き交う人は途絶えた。

雲海坊と勇次は、堀端の物陰から大沢屋敷を見張った。

大沢屋敷は、夜の闇に覆われると同時に警戒を厳しくした。

「流石《さすが》に警戒を厳しくしていますね」

「ああ。近習二人を斬られ、警戒しない旗本はいないだろう」

雲海坊は苦笑した。

大沢屋敷の表門脇の潜り戸が開き、五人程の家来が龕燈《がんどう》を手にして出て来た。

「見廻りですか……」

「ああ……」

五人の家来は、龕燈で辺りを照らしながら土塀沿いに横手に廻って行った。

「大沢頼母、外道の割りには臆病者なのかもしれませんね」

勇次は笑った。

「ああ。それとも大沢頼母の外道、恨みを買うのが楽しいのかもしれない」

雲海坊は読んだ。

「恨みを買うのが楽しいなんて奴、いるんですかね」

勇次は首を捻った。

「勇次、世の中にはいろんな癖のある奴がいるさ……」

雲海坊は笑った。

男たちの声が、大沢屋敷の横手の路地から上がった。

「雲海坊さん……」

勇次が緊張した。

「ああ……」
雲海坊は、錫杖を握り締めた。
三人の見廻りの家来が、刀を抜いて路地から駆け出して来た。
背の高い浪人が追って現れ、見廻りの家来の一人を斬り倒した。
勇次と雲海坊は見守った。
おそらく、既に見廻りの家来の二人は斬られたのだ。
残る見廻りの家来は二人だ。
背の高い浪人は、二人の見廻りの家来を堀端に追い詰めた。
二人の見廻りの家来は、猛然と背の高い浪人に襲い掛かった。
背の高い浪人は、鋭く刀を閃《ひらめ》かせた。
二人の見廻りの家来は、血を飛ばして三味線堀に転落した。
勇次は、呼子笛《よびこぶえ》を吹き鳴らそうとした。
「待ちな……」
雲海坊は止めた。
勇次は頷き、呼子笛を仕舞った。
背の高い浪人は、刀を鞘に納めて辺りを見廻し、久保田藩江戸上屋敷の横の通りを御徒町《おかちまち》に向かった。

「追うよ……」

雲海坊は、物陰を出て背の高い浪人を尾行始めた。

勇次は続いた。

大沢屋敷から中間《ちゅうげん》や門番たちが現れ、倒れている見廻りの家来たちに気が付いた。

背の高い浪人は、組屋敷の連なる御徒町を下谷広小路に向かった。

雲海坊と勇次は、充分に距離を取って慎重に尾行た。

背の高い浪人は、足早に組屋敷街を通って下谷広小路に出た。そして、不忍池の畔に進んだ。

何処に行く……。

雲海坊と勇次は追った。

不忍池は月明かりに煌めいた。

背の高い浪人は、不意に立ち止まった。

雲海坊と勇次は、咄嗟に木立の陰に隠れた。

背の高い浪人は、薄笑いを浮かべた。

気付かれたか……。

雲海坊は錫杖、勇次は十手を握り締めて息を詰めた。

背の高い浪人は、踵を返して不忍池の畔を進み、茅町《かやちょう》の通りに入った。

勇次は、追い掛けようとした。

「焦るな……」

雲海坊は、逸《はや》る勇次を押さえて追った。

茅町の通りには寺が連なり、背の高い浪人の姿はなかった。

「雲海坊さん……」

「ああ……」

雲海坊は、夜の闇を透かし見た。

寺が連なる通りに人影はない。

「何処かの寺の山門の陰に潜んで待ち伏せをしているのかもな」

雲海坊は読んだ。

「それとも、何処かの寺に住んでいるのかもしれません」

　勇次は睨んだ。

「ああ。どっちにしろ下手に動けないか……」

　雲海坊は苦笑した。

「ええ。どうします」

「よし。此処で暫く見張り、後は明日だ……」

　雲海坊は決めた。


　近習の小久保新十郎と新庄金之助に続き、五人の見廻りの家来が斬られた。

　旗本大沢家は、斬られた五人を屋敷に引き取り、公儀に届け出もせず、何事もなかったかのように表門を閉じていた。

「柳橋の、どうやら背の高い浪人は、大沢家の者共を無差別に斬り棄てようとしているようだな」

　久蔵は苦笑した。

「はい。背の高い浪人、大沢家、主の頼母さまを恨んでいるものかと……」

　幸吉は睨んだ。

「して、背の高い浪人、見廻りの家来を斬り棄て、不忍池の畔、茅町の寺の連なりに消えたか……」

「はい。雲海坊と勇次、焦った動きは禁物と追わず、寺の連なりの見張りに……」

幸吉は告げた。

「うむ。それで良い……」

久蔵は頷いた。

焦り、下手に動けば命取り……。

久蔵は、雲海坊と勇次の判断に頷いた。

「畏れ入ります。で、見張りを続けた処、寺から現れ、立ち去った者はいなかったと……」

「ならば、背の高い浪人、連なる寺の何処かに潜んでいるか……」

久蔵は読んだ。

「はい。勇次はそう睨み、清吉を呼んで連なる寺を探り始めました」

幸吉は報せた。

「うむ。して、大沢屋敷は護りを固めたか……」

「はい。引き続き、雲海坊が新八と見張っています」

「そうか……」

久蔵は頷いた。

不忍池の畔の寺の連なりからは、住職の読む経が響いていた。

勇次と清吉は、連なる寺の寺男や出入りの商人たちにそれとなく聞き込み掛けた。

「背の高い浪人さんですか……」

米屋の手代は、勇次に怪訝な眼を向けた。

「ええ。此処の寺の何処かで暮らしている筈なんですがね」

「さあ、背の高い浪人さんねえ……」

米屋の手代は首を捻った。

「ええ。寺の居候とか、家作に住んでいるとか……」

「さあ。手前は存じませんねえ」

米屋の手代は知らなかった。

「そうですか……」

勇次は頷いた。

饅頭笠を被り、錫杖を手にした托鉢坊主が、向かい側の寺から出掛けて行った。

清吉は、奥にある寺の老寺男の境内の掃除を手伝っていた。

「背の高い浪人さんかい……」

老寺男は、焚火に掃き集めた枯葉を焼《く》べる清吉に訊き返した。

「ええ、此処の何処かの寺にいると聞いて来たんですが、知りませんかい……」

清吉は訊いた。

「さあて、知らないなあ……」

老寺男は首を捻った。


大沢屋敷は表門を閉めていた。

雲海坊と新八は、三味線堀の堀端から見張った。

「大沢家の連中、首を引っ込めて隠れ続けるつもりなんですかね」

新八は首を捻った。

「さあてなあ……」

雲海坊は苦笑した。

「だけど、此のままじゃあ、悪い評判がもっと悪くなり、世間の笑い者になるだけですよ」

新八は、嘲りを浮かべた。

幾ら公儀に届けず内密にしていた処で、噂は世間に広まるものだ。

「新八……」

雲海坊は、素早く物陰に隠れた。

新八が続いた。

表門脇の潜り戸から四人の家来が現れ、向柳原の通りを神田川に向かった。

「どうします」

新八は、雲海坊の指図を仰いだ。

「追ってみてくれ」

「合点です」

「良いか、新八。余計な真似をせずに、何処に何をしに行くのか、見届けるだけだぜ」

「はい。じゃあ……」

雲海坊は命じた。

新八は、四人の大沢家の家来を追った。

雲海坊は見送った。


四人の家来は、辺りを窺って神田川に向かっていた。

新八は尾行た。

四人の家来は、厳しい面持ちで周囲を窺い、油断なく向柳原の通りを進んだ。

何処に何しに行くのか……。

新八は尾行た。

横手から托鉢坊主が現れ、四人の家来と新八の間を進み始めた。

目立たなくなって好都合だ……。

新八は、托鉢坊主に隠れるように四人の家来を追った。


神田川には様々な船が行き交っていた。

大沢家の四人の家来は、神田川に架かっている新シ橋を渡り、柳原通りを八つ小路に向かった。

四人の家来は、周囲を警戒しながら歩み続けた。

新八は、続く托鉢坊主に隠れながら尾行た。

四人の家来は、柳原通りを進んで八つ小路に進んだ。そして、神田川に架かっている昌平橋を渡った。

何故だ……。

新八は戸惑った。

昌平橋を渡るのなら、新シ橋を渡らずに神田川北岸の道を来れば良い。

それなのに何故……。

新八は眉をひそめた。

昌平橋を渡った四人の家来は、明神下の通りを不忍池に向かった。

托鉢坊主が続き、新八が尾行た。

何処迄同じ道筋なのだ……。

新八は、四人の家来に続く托鉢坊主に不審を覚えた。

不忍池に来る道筋は、他にもいろいろある筈だ。

それなのに……。

新八は読んだ。

まさか……。

新八に緊張が湧いた。
不忍池の畔に木洩れ日が揺れていた。
大沢家の四人の家来は、不忍池の畔の雑木林の手前で立ち止まった。
立ち止まった……。
新八は、足取りを緩めた。
誘《おび》き出しか……。
新八は読んだ。
托鉢坊主は、立ち止まった四人の家来に構わず近付いた。
新八は、喉を鳴らして見守った。
托鉢坊主は、変わらぬ足取りで四人の家来に近付いた。
四人の家来は、それとなく刀を握り締めた。
托鉢坊主は近付いた。
水鳥が、羽音を鳴らして不忍池から飛び立った。
四人の家来は、托鉢坊主に斬り掛かった。

托鉢坊主は、飛び退いて躱した。

四人の家来は、素早く托鉢坊主を取り囲んだ。

「やはり、曲者《くせもの》……」

四人の家来は、托鉢坊主を見据えた。

托鉢坊主は、錫杖に仕込んだ刀を抜き払った。

「おのれ、何故、小久保や新庄たち家中の者を斬った……」

四人の家来は、托鉢坊主に迫った。

「他人の心配をするより、己の心配をするのだな……」

托鉢坊主は嘲笑した。

「おのれ……」

四人の家来は、托鉢坊主に一斉に斬り掛かった。

托鉢坊主の饅頭笠が斬り飛ばされた。

現れた顔は、冷笑を浮かべた背の高い浪人だった。

「何者だ……」

四人の家来たちは迫った。

背の高い浪人は踏み込み、仕込刀を鋭く閃かせた。

家来の一人が、血を飛ばして倒れた。
「お、おのれ……」
残る三人の家来は怯んだ。
背の高い浪人は、斬り掛かった。
三人の家来は斬り結んだ。
小石が飛び、草が千切れた。
背の高い浪人と三人の家来は、激しく斬り合った。
閃光が走り、二人目の家来が斬り倒された。
残る二人の家来は怯み、後退りした。
背の高い浪人は追い縋り、三人目の家来に仕込刀を袈裟に斬り下げた。
三人目の家来は倒れた。
背の高い浪人は、恐るべき遣い手だった。
残った家来は、不忍池に追い詰められた。
「死ね……」
背の高い浪人は、仕込刀を真っ向から斬り下げた。
残った家来は、額を斬られて仰け反り、不忍池に仰向けに倒れた。

水飛沫《みずしぶき》が煌めいた。

背の高い浪人は饅頭笠を被り、立ち去った。

強い。強過ぎる……。

新八は、呆然と見送った。

背筋に冷たい汗が流れるのを感じながら。

不忍池の畔に木洩れ日は揺れた。

三

大沢家の四人の家来は、背の高い浪人を誘き出し、逆に斬り棄てられた。

新八は、息のある者を医者に担ぎ込み、自身番に報せた。

「そうか。背の高い浪人、誘いに乗って斬り棄てたか……」

久蔵は眉をひそめた。

「はい。で、新八は息のある者を医者に運び、自身番に報せたりして、背の高い浪人の行方、見届けられませんでした」

幸吉は、悔し気に告げた。

「いや。それで良い。下手に追ったりしたら、今頃は新八の弔いの仕度だ」

久蔵は苦笑した。

「はい。それにしても秋山さま、大沢家の斬られた家来、小久保や新庄を入れ、此れで十人以上です」

幸吉は眉をひそめた。

「世間でも評判になって来たか……」

久蔵は読んだ。

「はい。大沢家の悪い評判と噂、それなりに広まり始めています」

「うむ。如何《いか》に支配違いの旗本家の事とは云え、江戸の町での人斬り騒ぎ。町奉行所としては放っては置けぬ」

久蔵は、厳しい面持ちで告げた。


三味線堀、大沢屋敷の前を行き交う者たちは眉をひそめて囁き合い、野次馬が集まり始めていた。

大沢屋敷は表門を閉め、出入りする者も途絶えた。

「こうなると、出入りをするのも、出て来る者を待つのも難しいですね」

新八は眉をひそめた。

「ああ。此れで大沢頼母と家来たちも下手な真似はしないだろう」

雲海坊は苦笑した。

勇次と清吉は、不忍池の畔、茅町の寺の連なりに背の高い浪人を捜した。

だが、何処の寺の家作にも居候にも、背の高い浪人はいなかった。

「此処じゃあないんですかね」

清吉は、微かな苛立ちを過らせた。

「清吉、寺の住職や寺男の皆が本当の事を云っているとは限らないさ」

勇次は睨んだ。

「えっ……」

清吉は戸惑った。

「背の高い浪人と深い拘わりがあり、秘かに匿《かくま》っている住職や寺男がいるのかもな」

勇次は読んだ。

「拘わりのある坊さんと寺男ですか……」

清吉は眉をひそめた。

「ああ。清吉、背の高い浪人が大沢頼母に手討ちにされた側室と拘わりのある者なら、甲州の出かもしれない……」

「ええ……」

清吉は頷いた。

「となると、此の寺の中に甲州の出の住職か寺男がいるかだな」

勇次は、連なる寺を眺めた。

「分かりました。甲州の出の坊さんや寺男がいるかどうか、調べてみます」

「うん……」

夕陽が寺の連なりに差し込み、甍《いらか》を眩しく輝かせ始めた。

燭台の火は揺れた。

「どうした……」

久蔵は、文机から振り向いた。

「はい。只今、和馬の旦那と由松さんが、甲州から戻りました」

太市が、座敷の敷居際から告げた。

「よし。通してくれ」

「はい……」

「太市、見計らって、酒をな……」

「心得ました」

太市は立ち去った。

和馬と由松は、旗本大沢頼母の領地のある甲州大月に行き、無理矢理に側室にされた地侍の娘に就いて調べて来たのだ。

さあて、何が分かったのか……。

久蔵は、和馬と由松が来るのを待った。

燭台の灯りは瞬いた。


「甲州は大月の地侍、相良源兵衛《さがらげんべえ》の娘の由衣《ゆい》か……」

久蔵は眉をひそめた。

「はい。三年前、大沢頼母が領地検分に大月に赴き、由衣を見染めて側室に望み、父親の相良源兵衛を脅し、無理矢理に江戸に同道したようです」

和馬は、大月の代官所で調べて来た事を報せた。

「で、その時の大沢さまのお供が小久保新十郎と新庄金之助たち近習の者共だったとか……」

和馬は告げた。

「そうか。して、大月の相良家縁《ゆかり》の者に背の高い剣の遣い手はいたのか……」

久蔵は尋ねた。

「いいえ。地侍と申しましても、既に何代も続く大百姓。相良一族、縁のある者に剣の心得のある者はおりませんでした」

和馬は、首を横に振った。

「いない……」

久蔵は、微かな戸惑いを過らせた。

「はい。ですが、由松……」

和馬は、由松を促した。

「はい。やはり、大月の地侍の倅で筧平八郎《かけいへいはちろう》と云う者がおり、相良由衣と恋仲だったと云う噂がありました」

由松は報せた。

「大沢頼母め……」

「はい。相良由衣が大沢頼母に江戸に無理矢理に連れ去られた時には、剣術の廻国修行に出ていたそうでして、去年、大月に戻って由衣の一件を知ったそうです」

「筧平八郎……」

「剣の遣い手か……」

「噂では、無外流《むがいりゅう》の恐ろしい程の達人だと云われております」

由松は眉をひそめた。

「そうか。して、筧平八郎は……」

久蔵は、話の先を促した。

「大月から姿を消していました」

由松は、厳しい面持ちで久蔵を見詰めた。

「筧平八郎、背が高いのか……」

「はい。五尺八寸ぐらいだとか……」

「筧平八郎、背の高い剣の遣い手か……」

久蔵は頷いた。

「秋山さま……」

「うむ。背の高い浪人、筧平八郎に間違いあるまい……」

久蔵は見極めた。

「はい……」

和馬と由松は頷いた。

「恋仲だった相良由衣を大沢頼母に無理矢理側室にされた挙句、手討ちにされたか……」

久蔵は、筧平八郎の怒りの凄まじさを知った。

甲州大月の地侍筧平八郎……。

久蔵は、大沢家家来を斬り棄てている背の高い浪人を筧平八郎だと見定めた。

和馬と幸吉たちは、筧平八郎の足取りを追った。

勇次と清吉は、茅町に連なる寺の中の住職や寺男に甲州大月に縁のある者を捜した。

雲海坊と新八は、三味線堀の大沢屋敷を見張り続けた。

大沢屋敷には野次馬が集まり、家来たちは出入りせず、筧平八郎は現れなかった。

由松は、江戸にある無外流の剣術道場を訪ね歩き、筧平八郎の足取りを探した。
だが、筧平八郎の居場所は摑めなかった。
雲海坊と新八は、大沢屋敷を見張り続けた。
「雲海坊さん……」
新八は、やって来る塗笠に羽織袴の武士を示した。
「うん。秋山さまか……」
雲海坊は、塗笠に羽織袴の武士が久蔵だと気が付いた。
「ええ。きっと……」
新八は頷いた。
塗笠に羽織袴の武士は、大沢屋敷表門脇の潜り戸を叩き、何事かを告げた。
雲海坊と新八は見守った。
潜り戸が開いた。
羽織袴の武士は、塗笠を上げて雲海坊と新八に笑い掛けた。
久蔵だった。
雲海坊と新八は、小さく会釈をした。
久蔵は、潜り戸から大沢屋敷に入った。

「秋山さま、何しに来たんですかね」

新八は緊張した。

「さあて……」

雲海坊は苦笑した。


大沢屋敷は、緊張と沈鬱さに満ちていた。

久蔵は、書院で主の大沢頼母の来るのを待っていた。

書院の隣室には人の気配がした。

大沢頼母は、秋山久蔵の不意の訪問を警戒し、隣室に家来たちを忍ばせたのだ。

久蔵は、出された茶を啜りながら苦笑した。

足音が聞えた。

中年の肥った武士が、初老の武士を従えて入って来た。

「大沢家用人の岸田《きしだ》文之進《ふみのしん》にございます。南町奉行所吟味方与力の秋山久蔵どのですな」

初老の武士は、用人の岸田文之進と名乗った。

「如何にも。秋山久蔵です」

「我が主、大沢頼母さまにございます」

岸田は、久蔵と大沢頼母を引き合わせた。

「大沢頼母だ。秋山久蔵とやら、町奉行所の与力が何用だ」

大沢頼母は、二重顎を震わせて居丈高《いたけだか》に久蔵を見据えた。

「大沢さま、此れで宜しいのですかな……」

久蔵は、頼母に笑い掛けた。

「何……」

頼母は戸惑った。

「御家中の方々、既に十人以上が斬り棄てられた事実、此れで宜しいのですか……」

「おのれ。我ら旗本は目付支配、おのれら町奉行所の者にとやかく云われる筋合いはない」

頼母は、怒りを滲ませた。

「ならば、此のまま屋敷に隠れ、首を竦《すく》めて世間に悪評を撒《ま》き散らし、笑い者になり続けますか……」

久蔵は冷笑した。

「あ、秋山どの……」

用人の岸田は慌てた。

「秋山久蔵、町奉行所与力の分際で無礼だぞ」

頼母は熱《いき》り立った。

「ならば、手討ちにされますかな」

久蔵は、冷笑を浮かべて頼母を見据えた。

「お、おのれ……」

頼母は怯んだ。

「大沢さま、家中の方々が次々と斬り棄てられている理由、御存知ですな」

「そ、それは……」

大沢は眉をひそめた。

「すべては三年前、御領地甲州大月から相良由衣なる娘を無理矢理に側室にして江戸に同道し、手討ちにした所業によるもの……」

「それがどうした。儂の云う事を聞かず、植木職の下郎の気を引いた奸婦《かんぷ》。手討ちにされても文句はあるまい」

頼母は、傲慢《ごうまん》に云い放った。

「此れ以上、家中の方々に犠牲を出さない為には……」

「儂にどうしろと申すのだ」

頼母は苛立った。

「腹を切られるが良い……」

久蔵は、頼母を見据えて不敵に云い放った。

「何……」

頼母は驚いた。

「秋山どの……」

岸田は、激しく狼狽えた。

「前非《ぜんぴ》を悔い、すべての責を取って腹を切る。さすれば、家中の方々に此れ以上の犠牲者は出ないかと……」

「おのれ、秋山。此れ以上の無礼な振舞い。只では済ませぬぞ」

頼母は、怒りを露わにした。

「大沢さま、此の秋山久蔵、二百石取りの軽輩でも、三千石と刺し違える覚悟、いつでもありますぞ」

久蔵は、不敵な笑みを浮かべた。

「お、おのれ……」

頼母は、怒りに塗《まみ》れた。

「殿……」

岸田は、必死に頼母を押し止めた。

「もし、腹を切らないとなれば……」

「切らぬとなればどうする……」

頼母は、嗄れ声を引き攣らせた。

「相良由衣どのと恋仲だった剣の達人が御屋敷を訪れるでしょう」

久蔵は告げた。

「な、なんと……」

岸田は、顔色を変えた。

「お、面白い。たかが手討ちで此の騒ぎ、返り討ちにしてくれる」

頼母は、怒りに声を震わせた。

「たかが手討ち……」

久蔵は、微かな怒りを過らせた。

「ああ。側室と植木職人、手討ちにした処で何の不都合がある」

頼母は、傲慢に云い放った。

「左様ですか、良く分かりました。ならば、手前は此れ迄と。御無礼致した」

久蔵は、刀を手にして立ち上がった。

隣室からは、人の気配はするが殺気は窺えなかった。

頼母は怒りを滲ませ、岸田は顔色を変えて微かに震えていた。

「では……」

久蔵は、頼母に冷ややかな一瞥を投げ掛けて書院を後にした。

大沢屋敷から久蔵が現れ、三味線堀の畔にいる雲海坊と新八に笑い掛けた。

「雲海坊さん」

「うん……」

雲海坊と新八は、久蔵に駆け寄った。

「御苦労だな」

久蔵は、雲海坊と新八を労った。

「いいえ。で、大沢屋敷には……」

「うむ。騒ぎの責を取って切腹をするように勧めに来たのだが……」

久蔵は苦笑した。

「せ、切腹……」

新八は驚いた。

「大沢頼母、秋山さまの諫言《かんげん》、聞きませんでしたか……」

雲海坊は読んだ。

「うむ。そこでだ、雲海坊、新八。背の高い浪人、手討ちにされた側室由衣の恋仲だった寛平八郎……」

「寛平八郎……」

雲海坊と新八は眉をひそめた。

「うむ。その寛平八郎が現れて何をしようが、見届けるだけで、余計な手出しは一切無用……」

久蔵は命じた。

「心得ました」

雲海坊と新八は頷いた。

「うむ……」

久蔵は頷いた。

不忍池の畔、茅町の寺の連なりには物売りの声が響いていた。

勇次と清吉は、連なりの入口で落ち合った。

「どうでした……」

清吉は尋ねた。

「うん。清吉の睨み通り。妙泉寺《みょうせんじ》の住職月海《げっかい》、どうやら元は侍だったそうだ」

勇次は眉をひそめた。

「やっぱり……」

清吉は頷いた。

「ま、甲州の出ではないが、侍同士、何処かで知り合いになっているのかもな……」

勇次は読んだ。

「ええ……」

清吉は頷いた。

「あっ……」

勇次は、不忍池の畔を来る久蔵に気が付き、駆け寄った。

清吉は続いた。

「妙泉寺の月海和尚、元は武士か……」

久蔵は、寺の連なりの中の妙泉寺を眺めた。

「はい。甲州の出の住職や寺男のいる寺はなく、辛《かろ》うじての拘りは、元武士だと云うぐらいですか……」

勇次は告げた。

「あっ。由松さんです……」

清吉は、寺の連なりをやって来る由松に気が付いた。

「清吉、呼んで来い……」

久蔵は命じた。

由松は、江戸にある無外流の剣術道場を調べている筈だった。

「妙泉寺の住職の月海、若い頃に無外流の修行をしていただと……」

久蔵は眉をひそめた。

「はい。それで筧平八郎を知らないかと思いまして……」

由松は、茅町の寺町に来た理由を告げた。

「よし。勇次、清吉。妙泉寺だ……」

久蔵は、小さな笑みを浮かべた。

四

妙泉寺は、連なる寺の中でも古く小さかった。

久蔵は、勇次と清吉を山門に待たせ、由松を伴って妙泉寺を訪れた。

妙泉寺の住職月海は、久蔵と由松を座敷に通した。

久蔵は、古くて小さな妙泉寺の中の気配を窺った。

妙泉寺は、住職の月海の他に寺男の宇平《うへい》がいるだけだ。

だが、久蔵は微かな違和感を覚えた。

「拙僧《せっそう》が当妙泉寺住職の月海です」

中肉中背の引き締まった体軀《たいく》の初老の月海が現れ、久蔵と由松に笑みを浮かべて挨拶をした。

その様子は、元武士であり無外流の修行をしただけあって隙は窺えなかった。

「私は南町奉行所吟味方与力の秋山久蔵、此れなるは由松……」

久蔵は名乗り、由松を引き合わせた。

「うむ。秋山さまに由松さん。して、何用ですかな」

月海は、久蔵に笑い掛けた。

「それなのだが、御住職は元武士であり、無外流を修行されたとか……」

久蔵は尋ねた。

「左様。若い頃にな……」

月海は苦笑した。

「やはり……」

「それが何か……」

「今、世間で噂の旗本大沢家の騒ぎ、家中の者共を斬り棄てているのは、無外流の遣い手でしてな……」

久蔵は、月海を見据えて告げた。

「ほう。それはそれは……」

月海は、久蔵を見返した。

「尤《もっと》も此度の一件の元凶は大沢頼母でしてな。責を取って腹を切るように勧めたのだが……」

「腹を切るように勧めた……」

月海は、微かな戸惑いを過らせた。

隣室に人の気配が揺れた。

寺男の宇平ではない……。

久蔵の勘が囁いた。

「左様。だが、町奉行所与力の云う事など聞けぬと一蹴《いっしゅう》されましてな」

久蔵は苦笑した。

「一蹴されましたか……」

「如何にも。最早《もはや》、我ら南町奉行所は手を引く事に致した」

久蔵は告げた。

「成る程。して何故、そのような事を拙僧に仰るのかな……」

月海は、久蔵に探る眼を向けた。

「江戸での人殺し騒ぎ、そろそろ幕を下ろす潮時が来たかと思いましてな」

久蔵は、不敵に告げた。

「幕を下ろす潮時……」

月海は眉をひそめた。

「如何にも。さもなければ、不本意ながら私が幕を下ろす事になる……」

久蔵は笑った。

「秋山さま……」

「御住職は無外流を修行されたと聞き、もし、大沢家の者共を斬る無外流の遣い手と出逢われたら伝えて戴こうと思いましてな」

久蔵は、月海を見据えた。

「そうですか。良く分かりました。無外流の遣い手、出逢った時には必ずや伝えましょう」

月海は、笑みを浮かべて頷いた。

「うむ。ならば此れで……」

久蔵は、由松を促して座敷を出た。

月海は、手を合わせて座敷から出て行く久蔵と由松を見送った。

隣室の襖《ふすま》が開き、背の高い浪人が入って来た。

「南町奉行所吟味方与力の秋山久蔵か……」

背の高い浪人は眉をひそめた。

「うむ。南町奉行所の剃刀久蔵、心形刀流《しんぎょうとうりゅう》の恐るべき遣い手と聞いている……」

月海は、久蔵の事を知っていた。

「大沢頼母に責を取って腹を切るように勧めたか……」

「うむ。秋山久蔵、何もかも知っているようだな」

月海は読んだ。

「幕を下ろす潮時か……」

背の高い浪人は、淋《さび》し気な笑みを浮かべた。


久蔵は、出て来た妙泉寺を振り返った。

「秋山さま……」

由松は、緊張を滲ませた。

「筧平八郎、潜んでいるか……」

「はい。気のせいでしょうが、微かな血の臭いを感じました……」

由松は、妙泉寺を見据えた。

「うむ……」

久蔵は頷いた。

「秋山さま、由松さん……」

勇次と清吉が駆け寄って来た。

「勇次、清吉、箕平八郎が動くやもしれぬ」

久蔵は告げた。

「やはり、妙泉寺に……」

勇次と清吉は、緊張を滲ませて妙泉寺を見据えた。

「うむ。箕平八郎、どう出るか……」

久蔵は、不敵な笑みを浮かべた。


不忍池は、大禍時の青黒さに覆われた。

茅町の寺の連なりは明かりを灯し、夜の静けさに沈み始めた。

妙泉寺の山門が開き、背の高い浪人が出て来た。

背の高い浪人は、鋭い眼差しで辺りを見廻し、不審のないのを見定めて不忍池の畔に向かった。

「箕平八郎ですね……」

勇次は囁いた。

「ああ。間違いないだろう」

由松は頷いた。

「よし、清吉、秋山さまにな」

勇次は命じた。

「合点です」

清吉は、猛然と路地に駆け込んだ。

「じゃあ、由松さん……」

「うん……」

勇次と由松は、背の高い浪人の筧平八郎を追った。


不忍池に月影が揺れた。

筧平八郎は、不忍池の畔を進んだ。

明かりを灯した古い茶店があり、店先の縁台には久蔵と清吉が腰掛け、茶を飲んでいた。

筧平八郎は、久蔵と清吉を一瞥して通り過ぎようとした。

「何方《どちら》に参られる」

久蔵は、平八郎に声を掛けた。

平八郎は、聞き覚えのある声に立ち止り、久蔵を見据えた。

「何方に……」

久蔵は笑い掛けた。

「浅草は三味線堀に幕を下ろしに参る」

平八郎は、邪気のない子供のような笑みを浮かべた。

「幕を下ろしに、左様か……」

久蔵は頷いた。

「如何にも。では……」

平八郎は、久蔵に会釈をして不忍池の畔を進んだ。

久蔵は見送った。

「秋山さま……」

勇次と由松が追って来た。

「由松、勇次、筧平八郎が三味線堀に幕を下ろしに行くそうだ」

久蔵は苦笑した。

三味線堀は、堀端に打ち付ける波の音を小さく鳴らしていた。

大名旗本屋敷は眠りに就き始め、夜廻りの木戸番の打つ拍子木《ひょうしぎ》の音が遠くから響いて来ていた。

大沢屋敷は、表門内に篝火《かがりび》を焚き、見張りや見廻りを厳しくしていた。

夜の闇が揺れ、筧平八郎が現れた。

平八郎は、大沢屋敷の横手の土塀の傍に立ち止まり、周囲と屋敷内の気配を探った。

屋敷内の警戒は厳しさに満ち、微かな殺気が漂っている。

平八郎は睨んだ。

そして、小さな笑みを浮かべて土塀の上に跳び、屋敷内に素早く忍び込んだ。

表門前の暗がりから雲海坊、新八、幸吉が現れた。

「筧平八郎ですか……」

雲海坊は睨んだ。

「きっとな……」

幸吉は頷いた。

「親分、雲海坊さん。秋山さまです」

新八が、追って来た久蔵、由松、勇次、清吉を示した。

「柳橋の、筧平八郎、大沢屋敷に忍び込んだか……」

久蔵は尋ねた。

「はい。たった今……」

幸吉は頷いた。

「幕を下ろすか……」

久蔵は、厳しい面持ちで大沢屋敷を見据えた。

刹那、大沢屋敷から殺気が噴き上がった。


当主の大沢頼母は、屋敷内の奥御殿にいる筈だ……。

筧平八郎は、屋敷内を奥御殿に向かった。


「曲者だ……」

「狼藉者《ろうぜきもの》だ……」

見廻りの家来たちが気が付き、猛然と駆け寄って来た。

平八郎は佇んだ。

家来たちは、呼子を吹き鳴らして平八郎と対峙《たいじ》した。

「大沢頼母の処に案内して貰おう」

平八郎は笑い掛けた。

「おのれ、曲者……」

家来たちが続々と集まり、刀や槍を構えて平八郎を取り囲んだ。

旗本の軍役は千石で約二十人であり、三千石なら六十人程の家来がいる。

「貰いたいのは大沢頼母の首一つ。此れ以上、無益な殺生をさせるな……」

平八郎は、取り囲む家来たちを淋し気に見廻した。

「黙れ、曲者……」

家来の一人が怒鳴り、猛然と平八郎に斬り掛かった。

平八郎は、抜き打ちの一刀を放った。

閃光が走り、血が飛んだ。

斬り掛かった家来は仰け反り、斬られた胸元を血に染めて倒れた。

家来たちは怯んだ。

「大沢頼母は何処だ……」

平八郎は、奥御殿に向かった。

「お、おのれ……」

家来たちは、刀を煌めかせて平八郎に殺到した。

平八郎は、刀を縦横に閃かせた。

家来たちは、手足を斬られて戦闘力を奪われ、次々に退いた。

平八郎は、襲い掛かる家来たちを斬り棄てながら奥御殿に進んだ。

「出て来い、大沢頼母……」

平八郎は怒鳴った。

家来たちは、平八郎に斬り掛かった。

平八郎は、手傷を負いながらも家来たちの手足を斬り、後退させた。

「臆したか、大沢頼母。出て来なければ、大沢家に忠義を尽くす家来たちが傷付き、命を落とす……」

平八郎は、怒鳴りながら斬り掛かる家来たちに刀を閃かせた。

家来たちは、手足を斬られて倒れ、後退した。

「哀れなものだな。愚かな主に忠義を尽くさねばならぬ家来は……」

平八郎は、負った手傷の血に塗れ、斬り掛かる家来たちに同情した。

大沢屋敷から噴き上がった殺気は、激しく渦を巻いていた。

寛平八郎は、阿修羅《あしゅら》の如く闘っている。

久蔵は、闘う平八郎の姿を思い浮かべていた。

幸吉、雲海坊、由松は、痛まし気に眉をひそめて大沢屋敷を見詰めていた。

「秋山さま……」

土塀の上から屋敷内を窺っていた勇次が跳び下り、久蔵たちに駆け寄って来た。

「うむ……」

「筧平八郎、殺到する家来たちを斬り棄てながら、大沢頼母、出て来いと叫び、奥御殿に向かっています」

勇次は報せた。

「そうか……」

筧平八郎は、大沢頼母を討ち果たして死ぬつもりなのだ。

久蔵は、平八郎の覚悟を哀れんだ。

平八郎は、阿修羅の如く斬り合った。

だが、多勢に無勢だ。

平八郎は、深手を負って血に塗れ、崩れるように片膝をついた。

「此れ迄だな、下郎……」

大沢頼母が用人の岸田文之進を従え、家来たちの背後から現れた。

「大沢頼母……」

平八郎は、大沢頼母を見て安堵の笑みを浮かべた。

「下郎、手討ちにしてくれる」

大沢頼母は、片膝をついて肩で息を鳴らしている平八郎に近付き、刀を抜こうとした。

刹那、平八郎は猛然と立ち上がり、血に塗れた刀を真っ向から斬り下げた。

大沢頼母は、額を斬り割られ、呆然とした面持ちで凍て付いた。

平八郎は、返す刀を横薙ぎに一閃した。

大沢頼母の首が血を振り撒いて夜空を飛び、地面に落ちて転がった。

「と、殿……」

用人の岸田文之進は愕然《がくぜん》とした。

家来たちは、刀や槍を下ろして深々と溜息を吐いた。

血に塗れた平八郎は、刃毀《はこぼ》れのした刀を地面に突き立て、その場に座り込んだ。

そして、脇差を抜いて己の腹に突き刺した。

岸田と家来たちは息を飲んだ。

平八郎は、腹を切り、満足げな笑みを浮かべて滅び去った。

大沢屋敷から噴き上がっていた殺気は消えた。

「終わったようだな……」

久蔵は、斬り合いが終わったのを見定めた。

「柳橋の……」

「心得ました」

幸吉は、大沢屋敷の表門脇の潜り戸に走った。そして、潜り戸を叩き、顔を見せた中間に何事かを告げた。

僅かな刻が過ぎ、用人の岸田文之進が出て来た。

「秋山さま……」

岸田は、久蔵に縋る眼差しを向けた。

「岸田どの、討ち入った浪人は……」

久蔵は尋ねた。

「我が殿を斬り殺し、腹を切り申した」

岸田は、嗄れ声を震わせた。

「そうですか……」

久蔵は、平八郎討ち入りの首尾を知った。

「ならば、岸田どの。一刻も早く大沢頼母さまの病死届と御嫡男の家督相続願いを御公儀に差し出すのですな」

「は、はい……」

「して、討ち入った浪人の死体、我らが引き取ります。速やかに下げ渡して戴こう」

久蔵は厳しく告げた。

久蔵は、柳橋の幸吉たちと筧平八郎の遺体を引き取り、茅町の妙泉寺に運んだ。

妙泉寺の住職月海は、驚きもせずに平八郎の遺体を迎え、久蔵に深々と頭を下げた。

旗本大沢家は、当主頼母の病死届と嫡子の家督相続願いを公儀に出した。

大沢頼母は、日頃の非情な振る舞いを恨まれ、名もなき浪人に討ち入られて斬り棄てられた。

噂は広まった。
だが、噂は噂であり、それ以上のものではなかった。
公儀は、嫡子の家督相続を認めた。
旗本大沢家は存続し、多くの家臣と奉公人が路頭に迷う事はなかった。
噂は、やがて消え去る。
それで良い……。
久蔵は、甲州浪人筧平八郎の遣う無外流の凄まじさに思いを馳せた。

この作品は「文春文庫」のために書き下ろされたものです。

本書の無断複写は著作権法上での例外を除き禁じられています。
また、私的使用以外のいかなる電子的複製行為も一切認められておりません。

文春文庫

手《て》討《う》ち　　定価はカバーに表示してあります
新《しん》・秋山《あきやま》久蔵《きゅうぞう》御《ご》用控《ようひかえ》（二十一）

2024年12月10日　第1刷

著　者　藤《ふじ》井《い》邦《くに》夫《お》
発行者　大沼貴之
発行所　株式会社　文藝春秋

東京都千代田区紀尾井町 3-23　〒102-8008
TEL　03・3265・1211㈹
文藝春秋ホームページ　https://www.bunshun.co.jp
落丁、乱丁本は、お手数ですが小社製作部宛お送り下さい。送料小社負担でお取替致します。

印刷製本・大日本印刷
Printed in Japan
ISBN978-4-16-792309-9

文春文庫　最新刊

李王家の縁談　林真理子
明治から昭和の皇室を舞台に繰り広げられる、ご成婚絵巻

香君4　遥かな道　上橋菜穂子
災いが拡がる世界で香君が選んだ道とは。シリーズ完結！

満月珈琲店の星詠み　～月と太陽の小夜曲～　望月麻衣　画・桜田千尋
悩める光莉に、星遣いの猫たちは…人気シリーズ第6弾

手討ち　新・秋山久蔵御用控（二十一）　藤井邦夫
残酷な手討ちを行う旗本の家臣が次々に斬殺されてしまう

ふたごの餃子　ゆうれい居酒屋6　山口恵以子
新小岩の居酒屋を舞台に繰り広げられる美味しい人間模様

凍結事案《コールドケース》捜査班　**時の残像**　麻見和史
血まみれの遺体と未解決事件の関係とは…シリーズ第2弾

桜虎の道　矢月秀作
最恐のヤミ金取り立て屋が司法書士事務所で働きだすが…

草雲雀　葉室麟
愛する者のため剣を抜いた部屋住みの若き藩士の運命は

暁からすの嫁さがし　三　雨咲はな
あやかし×恋の和風ファンタジーシリーズついに完結！

幸運な男　渋沢栄一人生録　中村彰彦
一万円札の顔になった日本最強の経営者、その数奇な運命

おれの足音　大石内蔵助（決定版）上下　池波正太郎
人間味あふれる男、大石内蔵助の生涯を描く傑作長編！